黒妖精は聖騎士の愛をこいねがう
チェンジリング

CROSS NOVELS

沙野風結子
NOVEL: Fuyuko Sano

奈良千春
ILLUST: Chiharu Nara

CONTENTS

CROSS NOVELS

CONTENTS

チェンジリング
黒妖精は聖騎士の愛をこいねがう
沙野風結子
奈良千春・画

プロローグ

「殿下、謁見の間へ！」

修道騎士オルトの切羽詰まった掠れ声が、城内に反響する剣戟の音とともに、ノーヴ帝国第三皇子アンリの耳に届く。

ズタズタに裂けた黒いベールを被ったままアンリは剣を片手に謁見の間へと走り、その扉を体当たりするように押し開いた。息が切れ、耳元に心臓が迫っているかのようにドクドクと音がしている。

「オルト！」

敵の刃を剣で撥ね返したオルトが、身を翻して謁見の間に飛びこむ。

アンリが扉を閉めると、オルトはアーチ型の大きな両開き扉に掌をあてて詠唱を始めた。鈍い光の膜が扉全体を覆う。

よろけるオルトを抱き支えたとき、アンリの被っていたベールが床に滑り落ちた。妖精の取り替え子の証である黒髪が露わになる。

オルトがかなりの手傷を負っていることに気づき、アンリは激しい憤りに身を震わせた。

それは自分の修道騎士を傷つけた者に対する憤りであり、同時に、この世で唯一の大切な存在を守るだけの力をもたぬ、おのれへの憤りであった。

アンリはもう一時間ほどで、十八歳になる。

この一年で、オルトの身長を超した。九歳違いのオルトは、ノーヴ帝国第三皇子づきの修道騎士として、すべてを捧げてアンリのことを守ってきてくれた。

いつか、オルトのことを守れるようになりたいとひそかに願ってきた。それがアンリにとっての「大人になる」ということだった。

――でも十八になろうというのに……僕は無力だ。

オルトから剣技を習い、精いっぱい鍛錬してきたつもりでいた。

けれども今夜こうして初めての実戦に身を投じることとなり、自分の力など「深窓の皇子の手習い」に過ぎなかったのだと思い知らされた。

「力が欲しい……」

オルトをきつく抱き締めながら喉から想いを絞り出す。

「すべてを覆せるだけの力が欲しいっ」

するとオルトが背中を撫でてくれた。

「あと一時間です。あと一時間もちこたえれば、殿下には強大な力が宿ります。それまでかならずや、自分がお守りいたします」

頑ななまでに清廉な表情で、オルトが誓う。

最奥の壁に嵌めこまれた巨大なステンドグラスから降りそそぐ月光のなか、修道騎士の顔を間近に見下ろすアンリの胸は、痛いほど締めつけられる。

オルトの亡き父ライリ・ヴァリスは名高き修道騎士団長で、その功績により皇帝から男爵の位を授けられた。ライリは取り替え子という大きな秘密をもって生まれたアンリの守護者となることを、ひとり息子であるオルトに命じた。だからオルトは時間が許す限り、アンリとともに過ごしてくれた。

子供にとっての九歳という年の差は絶対的で、アンリはいつもオルトを見上げていた。なにひとつ追いつけることなどないように感じていた。

けれどもいま、こうしてオルトを見下ろしている。

この角度から見ると、オルトの顎(あご)がほっそりとしていることや、若草色(わかくさいろ)の眸(ひとみ)に煙(けぶ)るようにかかる睫毛(まつげ)が長いことがよくわかる。下唇の影がやわらかそうな膨(ふく)らみを際立たせ、鼻梁(びりょう)には細く光の線が伝っている。さらりとした金の髪は、激戦にほつれ、乱れていた。

頼もしく見えていた人のなかに、儚(はかな)い美しさを見つけるようになったのはいつからだっただろう……。

「殿下」

たぶん、情けない顔をしてしまっていたせいだろう。

オルトの手がアンリの頬(ほお)を包んだ。

「なにも心配はいりませぬ」

いつもオルトはこんなふうに励ましてくれてきた。オルト自身がまだ少年だったころから、ずっと。

「オルト――」

オルトを守りたいのだと告白しようとしたその時、すぐ横で扉が凄(すさ)まじい音をたてた。

封印の膜が揺らぐように波打つ。

敵勢が扉を攻撃しだしたのだ。

「殿下、こちらへ！」

アンリは腕を摑(つか)まれて、謁見の間の奥へと走らされた。

玉座の横に据えられた、見事な透かし彫りを施された厨子の扉をオルトが開ける。

「ここにおはいりくださいっ」

厨子は人ひとりが座ってはいれる程度の大きさしかない。オルトはアンリだけをそこに隠すつもりなのだ。

「そなたとともに戦う！」

そう訴えながら抗おうとすると、オルトが「非礼をお許しください」と告げながらアンリの額に指先を置いた。とたんに頭のなかが痺れ、身体の自由が利かなくなった。

そのアンリを厨子のなかに押しこむと、オルトは扉を閉めた。そして封印の呪文を唱える。

蔓草模様の透かし彫りの向こう側が光の膜にぶ厚く包まれる。

「この厨子にすべての聖術の力をそそぎました。一時間だけ、どうかそこでこらえてください」

「オ…ルト」

まだ身体が痺れていて、思うように声すら出せない。

謁見の間の扉の封印が破られ、黒い鎧に身を包んだ兵士たちが雪崩れこんできた。

色素の薄いノーヴ帝国の民とは違う、褐色の肌をした隣国クシュナの民だ。ノーヴ帝国とクシュナ王国とは、長らく敵対関係にある。

彼らはほんの数十分前に、忽然と城内に現れた。

城の内部に手引きをした者がいるとみて間違いない――そしてアンリはそれが誰であるのかわかっていた。

「皇子はどこだ!?」

クシュナ人特有の、いくらか巻き舌のはいった発声だ。

「おい、あの厨子に術がかかってるぞ！」

厨子を背にしたオルトへと、敵兵が押し寄せた。

オルトは剣を振るって何人かを斬り伏せたものの、多勢に無勢、黒鎧の兵が何人か厨子に飛びかかる。

しかし次の瞬間、彼らの身体は大きく撥ね飛ばされて大理石の床に打ちつけられた。オルトが幾重にもかけた術のうちのひとつが発動したのだ。兵士たちは代わる代わる飛びかかってきたが、やはり誰も厨子にじかに触れることすらできなかった。

ようやく身体の痺れが弱まってきて、アンリは透かし彫りの扉に縋りつくようにして声をあげた。

「オルト――オルト！」

封印の膜が水のように波打つため視界は常に揺らぎ、向こうの様子が浮かんでは消える。

疲弊したオルトが敵兵と鍔迫り合いをしているのが見えたかと思うと消え、次に見えたときには床に倒れこんでいた。それでもオルトはぐらつく身体を起こして、なんとか立ち上がり、剣を構える。

その姿がまた消える。次に視界が開けたとき、アンリは「ああっ」と悲痛な声をあげた。

オルトの手からは剣が失われており、その身体は後ろから羽交い締めにされていた。羽交い締めにしているのは、オルトよりふた回りは立派な体躯をした男だった。

褐色の肌に、肩にかかる波打つ銀の髪、銀の双眸。

シベリウス王子――隣国クシュナの第二王子だ。

鳥肌がたつほどの威圧感があり、王子というより、すでに一国の王であるかのような風貌だ。

「シベリウス様、あの厨子のなかにアンリ皇子がいるようですが、歯が立ちません」

兵の訴えに鷹揚に頷くと、シベリウスはオルトを羽交い締めにしたまま、厨子のすぐ前まで歩み寄ってきた。

「どのように脅されようと、決してこの厨子の術は解かぬ」

オルトが毅然と宣言すると、シベリウスが横に長い唇でにたりと笑う。意外にも甘みのあるかたちをした目が細められる。

「気概のある修道騎士だ。そのぐらいでないと、こっちも愉しめない」

透かし彫りの隙間から、アンリは懸命に目を凝らしてオルトを見詰める。オルトもまたこちらを見ていた。

こんな時でもアンリを安心させようとして微笑を浮かべる。

アンリはもういてもたってもいられず、厨子の扉を全力で内側から押した。けれども強固な術に阻まれて、扉はわずかも動かない。

「オルトを放せっ!!」

アンリの声を耳にしたシベリウスが、心地よげに喉を鳴らした。兵士がもちこんだ松明にゆらゆらと照らされたその顔に、嘲笑の深い影が刻まれる。

シベリウスは透かし彫り越しにアンリを見やったまま、上体を大きく伏せた。羽交い締めにされているオルトが膝立ちする姿勢になる。

「この修道騎士を押さえつけておけ」

命じられた兵たちが従うと、シベリウスはオルトのマントを毟るように外して捨て、その下の衣を鷲掴みにしたかと思うと縦に引き裂いた。

　オルトの白い胸や腹部が露わになる。

「なかなか鍛えられていて、いい身体つきだ」

　愉悦含みの声音で言いながら、シベリウスが黒い籠手をつけた手で、胸の筋肉の淡い膨らみをまさぐる。

「やめ――ろ」

　こめかみの血管が憤りに膨らむのを感じながら、アンリは掠れ声で呟く。

　手指が蠢きながらみぞおちへと降りていく。それから腹筋を指でなぞり――脚衣のなかへと突っこまれた。

　性器を鋼の手で嬲られて、しかしオルトは唇を厳しく横に引き結び、声のひとつも漏らさない。

　オルトの若草色の眸は、アンリに見ないでくれと訴えていた。

　しかしアンリの視線はオルトに釘付けになっていた。

　目の奥と鼻の奥で、激痛が膨らんでいく。

「嫌、だ……」

　あと数十分で、絶対的な力が手にはいる。

　けれどもそれをおとなしく待っていることなど、できるわけがない。

　アンリは厨子の扉に体当たりする。しかしオルトの術により、扉はまるで岩のように硬い。

　狭い空間で骨が砕けんばかりに暴れまわり、息を荒らげてふたたび透かし彫りのあいだから外を見る。

オルトは腰だけを上げる姿勢で、幾人もの兵士によって床に押さえつけられていた。厨子のほうに頭を向けていて、表情は見えない。代わりに、剝き出しになった双つの白い丸みが見えた。

アンリは我が目を疑う。

その狭間に、籠手を嵌めたままの指が挿さっているようなのだ。

指が引き抜かれたかと思うと、シベリウスがオルトの臀部をかかえこみながら獣のように覆い被さった。

アンリは頭のなかが白く焼け爛れるのを感じながら、喉が裂けんばかりの絶叫をあげた。

1

八月一日——第一収穫祭を迎えたと同時に、ノーヴ帝国に第三皇子が生まれた。真夜中から朝にかけて、民に慶事を報せるため、城の鐘塔の鐘が鳴らされつづけた。

恵みの季節の訪れとともに皇子が誕生したのは、国がよりいっそう栄える兆しに違いないと、人びとは歓んだ。

九歳のオルトもまた、その夜はもう一睡もできず、ベッドから起き上がって部屋をうろちょろしては窓の外を覗いたりしていた。オルトは修道騎士団長の父とともに城内の館で暮らしている。母は三年前に、流行り病で儚くなった。

父が修道騎士団長であることは、オルトの誇りだ。

ノーヴ帝国全土には千人ほどの修道騎士がいて、父は彼らを取りまとめている。修道騎士になるのは狭き門で、聖術を発動したり制御したりする資質が必要となる。

術力があっても悪しき方向に傾く場合は魔術となるため、修道騎士にはなれない。また自制心が弱くて力を制御できなければ、修道をまっとうできない者として除名される。

特にこの王城にある修道院所属の修道騎士はことさら高い能力を求められ、百人あまりの精鋭部隊となっている。

オルトも父の能力を受け継ぎ、聖術への適性が高いという結果が先日出た。だからその力を磨いて王城所属の修道騎士となり、父の助けになりたいと願っている。

そうしたらもしかすると、今日生誕した皇子を守るような日も来るのかもしれない。

——もしそうなったら、全力でお守りしよう。

想像するだけでオルトの気持ちは昂って、いてもたってもいられない心地になるのだった。

城内の大人たちは夜の庭で祝杯をあげ、朝まで唄い騒いでいた。城下町のほうでも同じような光景が繰り広げられているに違いなかった。

第三皇子は、アンリと名付けられた。

ノーヴ帝国の王族がそうであるように輝く金の髪と眸をした、とても美しい赤子であるという。

修道騎士団長である父ライリは、皇子たちの守護も担っている。だからアンリ皇子のことを父からたくさん聞きたいとオルトは思っていたのだが、しかし三日がたっても父は館に帰ってこなかった。

八月五日の早朝、ようやく帰宅した父のもとにオルトは駆け寄ろうとしたものの、その様子にたたらを踏んで立ち止まった。父はげっそりとやつれ果てていた。

「……なにか、あったのですか？」

オルトがおずおずと尋ねると、父は険しい表情のままオルトの両肩に手を置いた。

「そのうち、お前の力を借りることになるかもしれん。だから修道に励むのだぞ」

父から頼りにされて、オルトは背筋をピンと伸ばした。

「はい、父上。父上のような修道騎士になれるように励みます」

しっかりした滑舌（かつぜつ）で返すと、父が目尻をわずかに緩めてくれた。

父は着替えをすると、またすぐに館をあとにした。

次に戻ってきたのは十日の深夜だった。

それからというもの父は常に沈んだ様子で、その眉間の皺（しわ）は刃物で傷つけたかのように消えることがなくなった。

オルトは父を助けられるようになりたい一心で、それまで以上に修道に励んだ。

そしてアンリ皇子が生まれてから二ヶ月ほどたった十月の初めごろ、嫌な話が皇帝の弟であるハネス大司教によってもたらされた。

地方の修道院にいる取り替え子——取り替え子とは、色素の薄いノーヴの民にはあり得ない、黒髪の子供のことをいう。妖精は人間の赤子を連れ去る際、代わりに取り替え子を置いていく——が、次の「妖精の夜」に皇后が亡くなると預言したというのだ。妖精の夜は、十月最後の日の夜だ。

皇帝はその預言に憤ったものの、その取り替え子が公爵の子息であったため、処刑するのは踏み止（とど）まった。

果たして、妖精の夜に、皇后は死去した。

産後の肥立ちが悪かったのが死因となったようだったが。

――……取り替え子の預言どおりになったんだ。

オルトは、なんと不吉な力だろうと身震いし、もしかするとその取り替え子が魔力のようなもので皇后を弱らせたのではないかと疑った。

取り替え子は人間界に災いをもたらすために送りこまれるのだと、父は以前から何度も口にしていた。

フェアリードクターは、妖精が人間にもたらす害悪を取り除く技を身につけている。フェアリードクターとしての力も有している父がそう言ったのだから、間違いはないだろう。

だからオルトは取り替え子に対して、否定的な感情を強くもっていた。

皇后が亡くなってから三日後の夜、父はオルトに正装をさせて館を出た。どこに行くのか訊きたかったが、それを許さない厳しい空気が父を包んでいた。

父に連れられて城にはいり、堅牢な扉で守られた、王族が居住する奥の区域まで進む。そこから階段を上り、父はある部屋へとはいった。そのまま三つの部屋を通り抜けて、扉の前で立ち止まる。

そして三ヶ月前にそうしたように、オルトの両肩に大きな手を置いた。

「これからお前に、生涯かけての使命を受け入れるかを問う。真剣に考えて、答えを出してくれるか？」

父の深緑色の眸には、年端もいかぬ息子に重荷を背負わせることへの苦渋が滲んでいた。だからその「使命」が、父にとっても自分にとっても命懸けのものなのだろうことが察せられた。

オルトはギュッと拳を握ると、父をまっすぐ見上げた。

「真剣に考えて答えを出すと、誓います」

父は深く頷くと、扉をゆっくりと開けた。

「はいりなさい」

促されて、オルトはその部屋に足を踏み入れた。

とたんに鼻にツンとくる匂いがした。

――これは……魔除(まよ)けの薬草を焚(た)いてる？

部屋が薄く煙(けぶ)って見えるほど大量に焚かれているのだ。喉がイガイガして、目も痛くなってくる。

けれどもそれをこらえて、オルトは改めて部屋の奥を見た。

そこには大人の腰の高さほどの、瀟洒(しょうしゃ)な揺り籠(かご)がひとつ置かれていた。

横には黒いドレスを着た初老の女性が佇んでいる。

オルトは慌てて右手をみぞおちに添えて挨拶(あいさつ)をした。

「今晩は、ミレー様」

彼女は亡き皇后が幼いときから仕えてきた侍女であり、また三人の皇子の乳母(うば)でもある。栗色の髪を低い位置で質素に結い、優しげな細面は見るからにやつれている。

以前は彼女が皇子たちの世話をする姿をオルトもよく見かけたものだが、最近はそれを目にすることもなくなっていた。

アンリ皇子は生まれつき身体が弱くて日光を浴びられない体質で、お披露目(ひろめ)も難しいらしいという噂(うわさ)がたっているから、ミレーは第三皇子の世話にかかりきりになっていたのだろう。

それにしてもミレーの表情はあまりにも暗くて、思い詰めた様子だ。もしかすると、アンリ皇子の状態はひどく悪いのだろうか。

心配に顔を強張らせているオルトの背に父が手を当てた。そして重い足取りで揺り籠へと近づいていく。

ミレーは部屋の隅へと下がった。

「アンリ皇子は幼くして母君を亡くされた」

生まれて三ヶ月では、母親との思い出のひとつも残らないだろう。そう思うと、オルトの胸はとても痛くなる。

揺り籠には黒いベールがかけられていた。

背に当てられた父の手に緊張が走るのをオルトは感じる。

「お前に殿下との謁見を許す。だが、お前は殿下のことを決して他言してはならない。それを破れば、息子であろうとお前を斬らねばならん」

その言葉に瞠目して、オルトは父を見上げた。

眉間の皺はいっそう深まり、目許や頬には心労の翳が染みこんでいる。

——……父上をお助けしたい。

自分にできることなど、たかが知れている。それでも父は自分を信じ、頼ってくれているのだ。

それに応えないことなど、できるわけがない。

オルトはひとつ深呼吸をすると、若草色の眸に強い光を浮かべた。

「決して他言しません。誓います」

父が深く頷き、揺り籠のベールへと手を伸ばす。

その時、ベールが内側から波打った。

アンリ皇子がむずかって、下から摑んだのだ。ベールがめくれていく。

悲鳴を押し殺すために、オルトは両手で自分の口を塞がねばならなかった。

――そんな……はず、ない。

しかし何度、瞬きをしても、見えているものは変わらなかった。

巻き毛の色は、黒い。

王族の証である金の眸は、オレンジがかった琥珀色だ。

「取り替え、子？」

きつく掌で口を塞いだまま呟く。

父が沈んだ声で打ち明ける。

「ミレー殿は殿下を取り上げると、すぐに私だけを呼ばれた。私はフェアリードクターとして、妖精に取り換えられた本物の皇子を取り返そうと手を尽くした。しかし力及ばず、取り戻すことができなかった」

当時の父の疲弊しきった様子が、ありありと思い出された。

「皇后陛下は連れ去られた皇子のことを思うあまり、病の床に臥せられた。そして『神の護る島』へと渡られてしまった」

部屋の隅からミレーの啜り泣く声が聞こえてくる。

「しかし慈しみ深くあられた皇后陛下は亡くなられる直前に、アンリ皇子に罪はひとつもないとおっしゃり、私に守護を命じられた」

オルトは信じられないものを見る眼差し(まなざ)しを父に向けた。

――人に害悪を与える取り替え子を、守る……？

父が俯き、揺り籠の赤子を見詰める。

その顔には、忌(い)まわしいものに向けるのとは違う、慈愛(じあい)にも似た表情が滲んでいた。

「そして私もまた、皇后陛下と同じ考えに至った。取り替え子であれど魔性が現れないように守護することこそが、なすべきことなのではないかと」

けれどもオルトは父と同じように考えることはできなかった。

困惑しながら赤子を見下ろす。

この取り替え子が皇后陛下に死を与えたのではないのか。関わることによって、父と自分もまた破滅するのではないか。

その恐怖がみぞおちからこみ上げてくる。

「オルト、お前はフェアリードクターとしての勉強も始めていたな」

父のようになりたいから、修道騎士を目指しながらフェアリードクターになるための知識も蓄えている。

「修道騎士としてフェアリードクターとして、ひとりの人間として、すべてを殿下に捧げてお仕えしてはくれぬか？」

「――」

命令ではないことで、かえって父の心からの願いなのだと伝わってきた。

――この取り替え子を……。

アンリ皇子のつぶらな琥珀色の眸が、ふいにオルトへと向けられた。

じっと見詰められる。

息が詰まるような緊張を覚えて目を逸らそうとしたときだった。

「アァー」

声を発しながら、楓（かえで）の葉のような小さな手をオルトへと伸ばしてきた。

するとと父が揺り籠へと顔を伏せて、アンリ皇子に語りかけた。

「これが私の息子のオルトです」

「――オ…ォ」

赤子に言葉が理解できるはずもないが、しかしオルトはアンリ皇子に名を呼ばれたように感じた。

そして改めて、「黒髪の取り替え子」としてではなく、アンリ皇子を見た。

琥珀色に煌（きら）めく眸で、一心にオルトを見詰めている。

小さな鼻にふっくらした唇、丸い頬――ほかの赤子となにも違わない。

絶対的に、守られるべき存在だ。

自分へと一生懸命伸ばされているぷくぷくとした左手……。左の掌には、真名（まな）がある。それは本人にしか見えない古代の文字で記されており、生まれながらにして授けられているものだ。

「どんな真名をもってるのかな…」

呟くと、父がオルトの肩に手を置いた。

「真名とは運命を示すものだ。殿下のそれが苛酷（かこく）なものでないことを願ってやまない」

そして一拍置いて、続けた。

「殿下の信頼を勝ち得て真名を教えていただければ、お守りしやすくなる——それを、お前に託したい」

真名は、親兄弟でも互いに知らないことがままある。

真名において命じられれば、なにがあろうと、それに従わざるを得ないからだ。

オルトは心から父を敬愛しているため、真名を教えている。

そして父は高潔な人であるから、いまのような場面でも決して真名において命じたりはしない。これまで父は、一度たりともオルトの真名をもちいたことはなかった。

……そういう父の願いだからこそ、どうしても応えたくなる。

肺がいっぱいになるぐらい息を吸いこんで、ゆっくりと吐く。

——父上が考え抜いて出した答えなんだ。

オルトはそっとアンリ皇子へと右手を差し伸べた。

小さな小さな手が、オルトの小指を握った。その力は予想外に強い。まるで二度と離すまいとするかのようで。

自然と言葉が出た。

「殿下に、すべてを捧げます」

父が深く息をつき、オルトの肩を労(いた)わるように撫でた。

「オルト、私はお前が息子であることが心から誇らしい」

その父の声も手指も、かすかに震えていた。

2

ゆるやかな癖のある黒髪に、琥珀色の眸。

鼻も唇も輪郭もまだ頼りなくて、いかにも十歳の子供らしい。けれども顔には陰鬱(いんうつ)な翳が拡がっていて、まるで「見捨てられた島」の住人のようだ。その島には、悪しき人生を送った人間が辿(たど)りつくという。

姿見から目を背けて、アンリは重たい溜め息をついた。

ちょうどその時、部屋の片隅に吊るされている鈴が鳴った。

その鈴は、この部屋の隣の隣の隣の部屋の扉が開かれたら鳴る仕組みになっている。あり得ないことではあるが、乱入者だった場合にそなえて、アンリはいつもそうしているように椅子(いす)にかけてあった黒いベールを手に取ると、それを頭からすっぽりと被った。

そして緊張しながら耳を澄ます。

扉がトントン…トンとノックされてから開く。

「失礼します、殿下」

若草色の目をした修道騎士の姿を目にしたアンリは安堵し、同時に心が毬(まり)のように弾むのを感じる。

「オルト」

急いでベールを脱いで駆け寄ると、オルトが慇懃(いんぎん)に片膝をついてアンリの手を取り、その甲に額を当てた。忠誠を顕す仕種だ。

まるで絵物語に出てくる騎士のようなその姿に、アンリの心を浸していた陰鬱な翳はみるみるうちに薄らいでいく。

オルトは清らかで頼もしく、アンリの世界を照らしてくれる灯火だ。

この窓もない部屋からほとんど出ることができないアンリの話し相手になってくれて、外の世界の興味深いことをたくさん聞かせてくれる。護身用にと、体術や剣術も教えてくれる。

乳母のミレーも身の回りのことをしてくれて、文字やマナーなどを教えてくれていたものの、年が離れすぎているうえに異性だからか、どうしてもアンリがワクワクすることとは少し違っていた。

だからアンリは物心ついたときから、兄のようでも年上の友のようでもあるオルトの訪れを、いまかいまかと待ち侘びながら過ごしてきたのだった。

オルトが立ち上がりながら訊いてくる。

「なにかお変わりはありませんでしたか？」

「僕はなにもないけれど……ミレーの具合はどう？」

アンリはちょっと泣きそうになって下唇をキュッと噛んだ。

二ヶ月ほど前にミレーは病を得て、寝こんでしまったのだ。

ミレーの見舞いをしたいとアンリは渇望したが、オルトの父であるライリによって公務のとき以外、ベールを被っていても部屋から出ることは堅く禁じられていた。

ただ言葉で禁じられているだけではない。扉に封印の聖術をかけられているため、アンリでは開けることができないのだ。その封印を解いていつでも入退室できるのは、ライリとオルトの父子だけだ

った。

「ミレー殿は殿下にとってかけがえのない方ですから、心配でたまりませんね」

アンリは物心つく前に母を喪った。父皇帝は妻が落命したのはアンリのせいだと言い、顔を見にこの部屋に赴くこともない。

だからアンリにとって頼れる人は、ミレーと、修道騎士団長のライリと、その息子のオルトだけだった。

アンリが絶対に秘密にしなければならないこと——黒髪をもって生まれたことを知るのも、亡き母と父皇帝、そしてこの三人だけだった。

ノーヴ帝国で黒髪で生まれるのは、取り替え子だけなのだという。

もし皇子が黒髪であることをほかの者に知られたら、命も危ないのだと幼いころから言い聞かされてきた。

……でも最近、オルトが一緒にいないとき、息をするのも苦しくなることがある。

自分はいつまでこの部屋にいなければならないのだろう？

それは死んでいないだけで、生きてもいないのではないか？

本当に、自分が母の命を奪ったのだろうか？

「父上が言っていたように、取り替え子は人を不幸にするのかな……」

最後に浮かんできた疑問を呟くと、オルトが腰を屈めて視線の高さを合わせた。

「ほかの取り替え子のことは、わかりません。ですが、自分は殿下のことを誰よりも知っています。殿下はとてもお優しく、決して人を害したりなさいません」

その言葉が嬉しくて、アンリはオルトの首に両腕を回して抱きつく。

若草のようないい香りがする耳の下に鼻先を押しつける。

こうしていると、すべての不安が溶け消えていくようで。

「殿下……、ミレー殿にお会いになりたいですか？」

耳元で尋ねられて、アンリはパッと顔を上げた。間近にあるオルトの顔を見詰める。

「できる、のか？」

「父は反対するでしょうから内緒ですが」

アンリは嬉しさのあまり、もう一度オルトに力いっぱい抱きついた。

この二ヶ月、隣室で寝起きして面倒をみてくれていたミレーがいないため、オルトは夜中にアンリの用を足せるようにと部屋の長椅子で眠っていた。その晩、ふたりは誰にも見咎められることなく、部屋を抜け出した。

アンリはベールを被り、その日まで存在すら知らされていなかった、部屋の書架の裏側にある隠し通路をオルトに手を引かれながら歩いて行った。危急の際には、そこから逃げられるようになっているのだという。

通路は上下に伸びる螺旋階段に繋がっており、それを下ってからまた通路を進んだ。

そして隠し扉から廊下へと出る。そこからは城内の見張り兵たちの目を掻いくぐってミレーの部屋まで行った。

オルトが前もってアンリの訪れを告げてくれていたのだろう。ミレーは部屋に灯りを点し、ベッドでクッションに背を預けていた。

……ひと目見て、ミレーの命の残り火がわずかであることを、アンリは知った。

ミレーはもうあまり目も見えていないようで、ベールの下のアンリの顔を手指で優しくなぞってから、力のはいらない腕で精いっぱい抱き締めてくれた。アンリもまた痩せ細ってしまった乳母をそっと抱き締めた。これが最後の抱擁となることを、互いにわかっていた。

それから三日後、夕刻にオルトがアンリのところにやってきた。

そして、なにも言わずに、アンリの頭を片腕でかかえて抱き締めた。ミレーが亡くなったのがわかって、アンリはオルトの胸で泣きじゃくった。

「これからは自分が、ミレー殿のぶんまでも殿下のことを愛します」

愛します、という言葉は、アンリの胸に深く染みわたった。

オルトは修道騎士団長である父の言いつけを破ってまで、アンリの気持ちに寄り添い、ミレーに会わせてくれた。そしてこうして、いまにも胸が張り裂けそうなときに、抱き締めてくれている。

自分にそんなことをしてくれる人は、この世でオルトしかいない。

そしてそのただひとりがオルトであることを、心の底からありがたいと思う。

「……僕、も」

琥珀色の眸から涙を溢れさせながら、アンリはオルトの目を見詰めた。

「僕も、オルトのことを、愛する……愛してる」

そう告げたのだけれども、子供の言葉では想いが伝わらないように思われた。

――伝えたい。

どれだけ自分がオルトのことを慕っているのかを。

オルトといると、惨めな自分を少しだけ受け入れられることを。

もしオルトがいなかったら、自分をこの部屋に押しこめている世界を、自分は壊したいと願ったのではないか。

——そうしたら僕は本当に……に、なってしまう。

真名の宿る左手をきつく握り締めて——ひとつだけ、絶対に気持ちが伝わる方法があることを思い出した。

けれどもそれで、オルトに見捨てられてしまうかもしれない。

痛むほど眉根を寄せて悩み迷っていると、オルトが頬の涙を掌で拭ってくれた。

「殿下、大丈夫ですか？」

温かな掌。優しい声。真摯（しんし）な眼差し。

アンリは身を震わせ、オルトを信じることを決意する。

そしてオルトに自分の左の掌を見せた。指がみっともなく震えてしまう。

「……タラスク」

掠れ声で打ち明ける。

数拍ののちに、オルトが涙ぐみながら、アンリの左手を両手で恭しく包みこみ、跪（ひざまず）いた。そして誓ってくれる。

「自分がかならず殿下をお守りします」

膝から力が抜けて、アンリもまた床に膝をついた。そしてオルトの胸に顔を伏せる。

タラスク——人喰い怪獣。

オルトはその真名を知っても怯(ひる)むことなく、受け入れてくれたのだ。

その晩、アンリがひとりで眠りたくないと打ち明けると、オルトは隣に横になってくれた。

そして眠れない夜にミレーがしてくれたおまじない、「おやすみのキス」を頬にしてくれたのだった。


乳母が亡くなってから半年後、アンリは十一歳の生誕日を迎えた。

今日はバルコニーに出て国民からの祝福を受けなければならない。その下準備のためにオルトは早朝から部屋を出て行った。アンリを起こさないように気を付けてくれたようだが、半年前から同じベッドで眠っているため、自然と目が覚めた。

オルトが傍(そば)にいなくなったとたん、アンリの心には昏(くら)い翳が拡がっていく。

この部屋には窓がないから、朝でも晩でもランプの灯りが必要だ。そのオレンジがかった光のなか、姿見の前に立つ。

今年もベールを頭からすっぽり被って、この黒髪を隠し、祝福に集まってくれた人たちを騙すのだ。

――嘘ばかりついてるから、僕は「神の護る島」には行けないんだ……。

それどころか、いつか真名が示すように、人間を食べてしまうのかもしれない。両腕で貫頭衣(かんとうい)一枚をまとった身体を、きつく抱き締める。

「大丈夫だ……大丈夫。絶対に人喰い怪獣になんてならない」

そんなことになったら、誰よりもオルトが苦しむ。おのれの力が足りないせいでアンリが怪獣になったと自分自身を責めるに違いない。

年々、世界を恨みたくなる気持ちが増しているけれども、オルトへの気持ちがあれば抑えることができる。

オルトは修道騎士として鍛錬を積みながらも、この部屋でアンリと一分でも長く過ごすように努めてくれている。ミレーの代わりに身の回りの世話もしてくれている。

ライリも常にアンリのことを気にかけてくれているが、このところ修道騎士団長として地方に赴くことが多く、足が遠のきがちだった。

だから以前にも増して、アンリの世界はオルト一色になっていた。

一緒にいるときもいないときも、いつもオルトのことを考えてしまう。あまり考えすぎてつらくなると、書架の裏の隠し通路にこっそりと出る。足音を立てないように気をつけながら、ランタンを片手に螺旋階段を上下しては、さまざまな場所に通じている通路を延々と歩きつづける。

そうして脚がパンパンになるほど歩いて疲れ果てるとなにも考えられなくなって、深く眠ることができるのだ。

「もう十一歳なんだから、オルトに心配をかけないように、ちゃんとするんだ」

姿見の自分にそう言い聞かせたときだった。

ふいに鏡に映る自分の姿が揺れた。

見回すと、吹きこむ風もないのに部屋中のランプの炎が揺らいでいる。そして目に見えない誰かに吹き消されたかのように、すべての灯りが消えた。

「な、に…？」

闇のなかにぽつんと立っている。

ひとりなのに、自分以外の気配が、確かにある。

——……タラスク？

もしや、真名が実体となったのではないか。人喰い怪獣はアンリを食べて取りこむつもりなのではないか。

「いや、だ」

恐怖に喉がヒューヒューと鳴る。鏡に背をくっつけて怒鳴る。

「僕は、ならない！　僕はアンリだ！」

見えない人喰い怪獣に怒鳴ると、後ろからなにかが髪に触れてきた。心臓が身体の外に飛び出しそうになって、胸を両手で押さえながら振り返る。

そこに人影を見て、飛び上がる。

場所からいって姿見のようだが、真っ暗ななかで自分の姿が映るわけがない。

しかもその人影は、銀の光をぽうっと放っている。それにアンリよりずっと背が高い。

膝がガクガクするけれども、アンリは勇気を振り絞って両脚を踏ん張り、顔を上げた。

すると、鏡のなかから銀の光が伸びてきた。すんなりとしたかたちの腕だ。

長い指がアンリの髪に触れる。

『あと、七年——』

頭のなかで、声というより音がそう響いた。

もう気を失ってしまいそうで、アンリはきつく目を瞑る。そして次におそるおそる目を開けたとき、鏡には自分の姿が映っていた。部屋中の灯りは、なにごともなかったかのように点っている。足腰から一気に力が抜けて、アンリはがくんと床にくずおれた。

それからというもの、毎年の生誕日ごとに銀色に光る人影が現れるようになった。そして「あと、六年」「あと、五年」と頭のなかに囁きかけてくるのだ。

十八歳になったときに、なにが起こるというのか。

――まさか、人喰い怪獣に……。

オルトに何度も相談しようと思ったけれども、オルトが自分の世話と修道騎士の鍛錬、フェアリードクターとなるための勉強を併行して疲弊しているのをわかっていたから、さらなる重荷になることを口にするのは躊躇われた。アンリにできるのは彼の負担をわずかでも減らせるように、身の回りのことを自分でできるようになることぐらいだった。

そして十四歳の生誕日、オルトに右手を取られて修道騎士たちに警護されながら、民からの祝福を受けるバルコニーへと向かう最中に騒動が起こった。

三十人ほどの男が、通路を塞いだのだ。

彼らの軍服には、円形に金の十字を重ねた襟章がつけられている。その円形の部分が青ければ長兄イズーの従者、緑だったら次兄ロンドの従者だ。皇帝づきの従者は緋色の円だが、ここには緋色の者はいない。

ほぼ同数で青と緑だ。要するに彼らは兄たちの従者なのだ。

オルトが厳然とした態度で告げる。

「公務の妨害は許されませぬぞ」

「アンリ皇子はそのように姿もお見せになられないのならば、民の前に立つ必要もないだろう」

青い襟章をつけたひと際身体の大きな男が、一歩前に進み出ながら続ける。

「病弱だのなんだのと出し惜しみをしているせいで、アンリ皇子への民の関心はいたずらに高まっている」

「それは姿も見えない者に期待を寄せなければならぬほどの状況ということでしょうか？」

そのまっすぐな問いかけが、長兄の従者の気をひどく逆撫でしたようだった。従者が腰に佩いた剣に手をかけながら声を荒らげる。

「誤魔化しても無駄だぞ！　第三皇子を神格化して祀り上げ、修道騎士団が国の実権を握るつもりでいるのは、わかっている」

「そのことは以前から何度も否定してきました。自分はただ、殿下をお守りしているだけです」

オルトの返しで、このような言いがかりを繰り返しつけられていたのだとアンリは知る。

「その言い訳は聞き飽きた！」

兄の従者が剣を抜いて、居丈高に命じた。

「すぐにその不気味なベールを被った者を連れて、部屋に戻れ！　そうすれば、お前がアンリ皇子と修道騎士団を利用してのし上がろうとしているのではないと信じてやろう」

ほかの従者たちも剣を抜く。

対する修道騎士団も、剣の柄を握って応戦に備える。

ビリビリとした空気が通路中に充満していく。

オルトがアンリの盾になるように立ち、やはり剣の柄を握った。

——僕のせいで、オルトが怪我をするかもしれない。

そう思った瞬間、アンリの気持ちは鋼のように強くなった。

オルトの後ろから出て、修道騎士たちが作る壁を割って前に出る。アンリの行動が想定外だったようで、一拍遅れてオルトが駆け寄ってきて、修道騎士たちも態勢を立てなおす。

「殿下、危ないのでこちらへ」

下がらせようとするオルトの動きを、アンリは手で制した。

そしてベールの下で顎を高く上げ、高いところにある兄たちの従者の顔をひとつひとつ見詰めながら告げた。

「そなたたちは思い違いをしている」

自分でも驚くほどしっかりした声が腹から出て、廊下に響く。

「オルトは気高い修道騎士である。そのような醜（みにく）い謀（はかりごと）をするような者では決してない。この身にかけて保証する」

シンとあたりが静まり返り——剣を鞘（さや）に戻す音がひとつ響いた。

従者たちは互いに視線を交わしながら、剣を収めていく。最後に、アンリの目の前に立っている長兄の従者もまた不服げな顔で同じようにした。

アンリが一歩を踏み出すと、従者たちは自然と左右の壁に身を寄せて道を空けた。

「そなたたちに感謝する」

兄たちの従者にそう声をかけて歩き出したアンリのあとに、オルトと修道騎士たちが続く。

自分の言葉が彼らに響いたことを、アンリは冷静に受け止めていた。

アンリが彼らの前で言葉を発したのは初めてだったから、それに意表を突かれて、今回はひとまず退いたのだろう。

そしてなにより大きいのは、彼らが皇帝の血筋を重んじる従者たちであるということだ。だから第三皇子であるアンリが矢面に立てば、剣を収めるしかなかった。

おそらく彼らはそれぞれの主のことを想うあまり、このような強硬手段に出たのだろう。

バルコニーで国民の祝福を受けて部屋に戻ったとたん、緊張の糸が切れて、アンリはその場に倒れこんだ。

「殿下！」

オルトが慌てて両手で抱きかかえ、天蓋つきのベッドへと連れて行ってくれる。

「お加減がよくないのですか？」

ベールを捲られながら問われ、アンリは横たわったまま首を横に振った。

「少し疲れただけだ。いろいろと、あったから」

その言葉に、オルトが悔恨の表情を浮かべる。

「今日は殿下のお手を煩わせてしまいました。二度とあのようなことがないようにいたします」

「兄上たちの従者のことなら、気にすることはない。……でも、そなたがいつから言いがかりをつけられていたのかは知りたい」

「……ここ数年のことです」

「なにかきっかけになるようなことがあったのか？」

逡巡したのち、オルトが訊いてきた。

「殿下の兄君についてのよくない話を、お耳に入れてもよろしいでしょうか？」

アンリが頷くと、オルトは抑えた声で教えてくれた。

「五年ほど前からイズー様とロンド様の遊蕩が目に余るようになりました。城下町でも傍若無人な振る舞いを繰り返され、いくら神の末裔とはいえ、人心が離れるのも無理からぬこと。……それを殿下のせいにするなど、責任転嫁にもほどがあります」

アンリは眩暈をこらえて上体を起こすと、オルトの手を両手で包んだ。

「なにも知らなくて、つらい思いをさせてしまった」

胸がキシキシと痛む。

「僕はオルトの力になれるようになりたい」

心からの願いを口にすると、オルトが顔をほころばせた。

「自分は今日、殿下に窮地を救われました。そうでなければ、危うく殿下の生誕日を血で汚してしまったことでしょう」

「……僕はただ、彼らに本心を言っただけだ」

「本心を敵対する人びとに伝えるのが、いかに困難なことであるか。殿下が頼もしく育たれていることに、心が震えました」

オルトの若草色の眸がしっとりと濡れて、煌めく。睫毛にも滴が宿る。

その様子にアンリは頭の奥がチカチカするのを覚え、同時に身体の芯が熱くなるような不思議な感覚に襲われた。

心臓だけでなく、全身がドクドクしている。

これと似たような感覚に襲われたことが、これまで幾度かあった。オルトと一緒に眠っていたときのことだ。

オルトが顔を寄せてくる。

「ですが、次からは自分が確実に収めます。どうか殿下は御身の安全を第一に考えてください」

顔が焼けるように熱くなって、きっと頬が真っ赤になってしまっているから、アンリはオルトの首筋に顔を埋めた。

若草のようないい香りがして――これまではその香りを嗅ぐと気持ちが楽になったのに、なぜかいまは身体中にはち切れそうな苦しさを覚えていた。

＊

「失礼します、殿下」

そっと声をかけてから、オルトはマットレスを揺らさないようにベッドに横になった。

このように同衾するようになってから四年近くになる。乳母を亡くしたアンリにひとりで眠りたくないと打ち明けられたのが始まりだった。

しかし先日までアンリは身体をぴったりとくっつけてきて眠っていたのに、最近はこちらに背を向けたまま、ともすればオルトがベッドにはいるとわざわざ端に身を寄せたりする。

十四歳になって甘えることが恥ずかしくなったのかもしれない。

――そろそろ、別に寝たほうがいいか。

少し寂しいような気持ちになりながらそんなことを考えていると、ふいにアンリがベッドから降りた。小走りで、浴場などがある奥の扉へとはいっていった。用でも足しに行ったのだろうと思ったが、いつまでたっても戻ってこない。

心配になってきて、オルトは様子を確かめようと扉をノックして声をかけた。

「殿下、どうかされましたか？」

応(いら)えはない。もしかすると倒れてでもいるのかもしれないと、オルトはランプを手に取り、なかに飛びこんだ。

広い空間の中央に据えられた陶器のバスタブのなかにアンリの姿を見つける。

駆け寄ってみると、アンリは白い貫頭衣を身につけたまま、腰まで水に浸(つ)かっていた。

「風邪(かぜ)をめされます」

ランプをバスタブ横の小机に置いて、慌ててアンリの脇の下に手を差しこんで立ち上がらせようとすると、しかしアンリが身を丸めて下腹部を両手で押さえた。

「触るな。病がそなたに感染(うつ)るかもしれない」

その反応と言葉に、オルトは思い当たる。

ここのところ洗濯物を回収するとき、アンリの夜着がずぶ濡れになっていることがあった。汚れを自分で落とそうとしたのだろう。それがなにを意味するかは、同性であるため想像はついた。だからこそ見て見ぬふりをしてきたのだが。

オルトはバスタブの縁に腰を下ろして語りかけた。

「殿下、それは病ではありません」

アンリが涙目で睨（にら）んできた。

「どうしてそう言いきれるのだ？」

きちんと伝わるように率直に答える。

「自分の性器も腫（は）れて、白い体液を出すからです」

「まこと…か？」

「初めてのときは、確か十三になったばかりのころでした」

アンリが強く関心を引かれたように、上体をオルトへと寄せた。

「やはり初めては、眠っているときだったのか？」

「いえ、親友に教えられたのです」

「教えられた？」

さすがにいくらか気まずさを覚えながら答える。

「その……みずからの手で慰（なぐさ）める方法を、です」

「そのようなことができるのか？」

不安と不審の入り混じった表情でアンリが問う。

オルトは改めて、自分の至らなさを思い知らされていた。アンリもうそのような年頃で、発散するための正しい処置や知識が必要であったのに、なんとなく避けてしまっていたのだ。

「本来ならば殿下が不自由な思いをなさらないように、対処しなければならぬのですが」

しかしたとえ灯りをすべて消したところで、部屋に女性を招き、じかに接触させるのはあまりにも危険が大きい。

それに、その様子を想像すると、胸のあたりに嫌なざわめきが拡がった。赤子のときから見守ってきたアンリが、大人の男になっていくことに抵抗感があるのかもしれない。

懊悩（おうのう）していると、アンリが訊いてきた。

「オルトは親友に教えてもらったのだろう？」

親友の灰色の眸が思い出された。

九歳から修道騎士とフェアリードクターになるために必要な学びをしながらアンリとも関わってきたため、オルトは同世代の男子同士が共有する下世話なことに疎（うと）かった。

それで性器が腫れることを悩んで親友に相談したら、彼はみずから自慰をしてみせてくれた。そしてオルトは彼の前で教えられたままの行為をしたのだった。

アンリがそっと、オルトの寝衣の袖を握ってきた。

「オルトに……教えてもらいたい」

「わかりました。今度、方法を書き出しておきます。役に立つ画集も用意しておきましょう」

口頭で教えることは憚（はばか）られたのでそう申し出ると、アンリがキュッと眉根を寄せた。

「ここでやってみせてほしいのだ」

オルトは瞠目する。

「――そ、そのような不敬なことは」

できません、と断ろうとして、言いよどむ。

親友の行為を見せてもらって安心したことが思い出されたのだ。

それに、取り替え子という特殊な生まれであるからこそ、アンリにはほかの人間と変わらないのだということをわかってほしかった。

——それをできるのは、自分しかいない。

病でもなければおかしなことでもないのだと、実技で教えることをやましいように感じるのは、自分の心が濁(にご)っているせいだ。

自身を戒め、オルトは言いなおした。

「不敬ではありますが、務めさせていただきます」

オルトは意を決すると、アンリと向かい合うかたちでバスタブのなかにはいり、縁に腰掛けた。脛(すね)の途中までひんやりした水に浸かる。

そして寝衣の裾を大きく捲り上げた。

ランプの光がほのかに、金色の薄めの叢(くさむら)と垂れている陰茎を伝う。

人の前でするのは初めて親友の前でした一回きりで、このように誰かに性器を晒(さら)すこともなかったため、それだけで羞恥心(しゅうちしん)がこみ上げてくる。

——きちんと務めを果たせ。

自分を叱責(しっせき)して、オルトは膝を大きく開いた。

アンリが息を震わせながら、晒された下腹部を凝視する。その琥珀色の眸は光るように潤んでいた。見詰められているところにツキツキとした疼(うず)きが生じる。

やましさを押し殺して、オルトは自身の茎を握った。そして根本から先端へと手の筒を往復させる。

「このようにすれば、勃起をします。勃起とは腫れた状態になることです」

アンリが素直に頷く。

その様子は勉強を教わるときの様子に似ていた。実際、これはアンリにとって大切な学びなのだ。

オルトは恥ずかしさを押し殺して丁寧に教える。

「この裏の筋が張ってきますから、そこをこのように撫で上げるといいです。それからこの段差の部分を刺激するのも効果的です」

もっとよく見ようと、アンリが水のなかで正座をして前傾姿勢になる。

半勃ちになったものを間近で見られて、オルトは腰と項に強い痺れを覚える。

アンリが眉根を寄せて呟く。

「腫れると、苦しくなる」

「その苦しいのが、こうして処理すれば気持ちよくなるのですよ」

ひとつ瞬きをして、アンリが脚のあいだから上目遣いに見上げてきた。

「オルト、気持ちよいのか？」

「――」

自分の手のなかのものが急に膨張して硬さを増したのをオルトは感じる。

――違う……これは殿下にとって必要な学びなのだ。

抑えた声でオルトは答える。

「気持ちいいです」

しかし本当のところ気持ちいいというよりも、つらかった。つらくなるほどの快楽が、毒のように身体中を廻っていて。

先端から溢れる透明な蜜が、水のなかへと滴り落ちていく。

もう言葉で教えることができなくて、オルトは唇を嚙みながら、自慰行為を続けた。

自分の乱れる呼吸と、手指を動かすたびにたつ湿った音とが、石とタイルの空間に淫靡に響いていく。

先端を揉みこみながら、もう片方の手で種袋を転がす。

——殿下の前で……はしたないことを。

みずからを罰するように、さらに手指の動きを卑猥にしていく。

ふいにアンリが啜り泣くような声を漏らした。

それが引き金になって、オルトは陰茎から白濁を弾けさせた。それはボタボタと水面に落ち、塊となったまま浮遊する。

アンリが両手で顔を覆った。

性的な知識がない少年にはあまりに刺激が強すぎたと、オルトはいまさらながらに後悔の念に駆られた。

「殿下……殿下、申し訳ありません」

アンリが顔を覆ったまま頭を激しく横に振る。

「もうわかったから——ひとりにして」

オルトはおのれの配慮のなさに打ちのめされながら、バスタブから出た。

「お身体が冷えますから、できるだけ早くそこから出てください」

感情を殺すあまりどこか冷たいような声音になってしまう。

アンリが項垂れたまま頷く。

部屋に戻ったオルトはベッドに腰を落とすと、片手で顔をきつく覆った。

「もう二度と、しない」

おのれを厳しく戒める。

「殿下を穢(けが)すようなことは、もう決して」

3

「今日一日をつつがなく送られますよう、全身全霊で皇子をお守りいたします」

アンリが寝衣から日常着に着替えると、オルトが跪いてそう言ってくる。

それに対してアンリもまた、いつものように返す。

「そなたに僕のすべてを委ねよう、オルト」

けれどもこの一ヶ月、以前とは違う距離感がふたりのあいだに生じてしまっていた。

オルトが部屋を出て行くと、アンリは溜め息をついて長椅子に腰を下ろした。そして呟く。

「僕のせいだ——僕があんなことをさせたから」

ひと月前、アンリはオルトに自慰を見せるようにと強要した。

口にしたのは「ここでやってみせてほしいのだ」という要望であり、実際に自慰行為というものを知らなかったのだが、とても恥ずかしい行為であるらしいと本能的にわかったうえで、それをしているオルトをどうしても見たいと、やましい心で願ったのだ。

そして自分の「要望」が、オルトにとっては命令に等しいことも理解していた。

――だから、軽蔑されても仕方ない。

自慰をしてみせたあと、去り際にオルトはひどく冷たい声を出し、素っ気なく去っていった。

清廉なオルトを、自分はひどい方法で辱めてしまった。

その罪悪感が胸に重く垂れこめつづけて、以前のように自然にオルトに接することができなくなってしまった。オルトのほうもまた、軽蔑を露わにするようなことはないまでも、距離を置こうとしているのは明らかだった。

先日、部屋にもうひとつベッドを入れたいと言ってきたのだ。これ以上、一緒に寝たくないからに違いなかった。

アンリは無言で首を横に振るのが精いっぱいだった。

ただでさえオルトと心の距離があいているのに、さらに身体の距離まであけたくなかった。オルトが横で眠っていると性器が反応してしまってつらいけれども、それでも少しでも近くにオルトを感じていたかった。

昏い顔でアンリは呟く。

「……絶対に、あの修道騎士だ」

オルトに自慰の仕方を教えたのだという「親友」。それはグレイという名の修道騎士に違いなかった。

その名はこれまで幾度もオルトの口から聞いていた。修道における大切な友でありライバルであるのだという。

グレイはアンリが公務で部屋から出るとき、かならず護衛に加わる。オルトよりもかなり身体の大きい、灰色の目と髪をもつ男だ。キビキビとしていて、どちらかというと武闘派の騎士に近い印象だ。

——いまもオルトは、あの男といるのかもしれない。

この部屋にいないとき、オルトはグレイとどのように過ごしているのだろうか。

そもそも、あのようなはしたない行為をオルトに教えた男なのだ。グレイがその後もオルトに卑猥なことを強いていないとも限らない。

「…っ、く」

どろりとした嫌なものが胸に溢れ返り、内臓がぐちゃぐちゃになるような気持ち悪さがこみ上げてくる。

オルトとグレイのことを考えると、いつもこの感覚に支配されるのだ。

それから逃れたくて、アンリは戸棚から剣を取り出した。

姿見の前に立ち、両手で握った剣を右斜め上に上げる。そしてあるだけの力でそれを振り下ろした。

そして今度は左に大きく引き、右横へと払う。

見えない的である「グレイ」を粉々にしていく。

そうして、ふと姿見に映る自分の姿を見た。

邪悪な顔で微笑む黒髪の少年が、自分を見返していた。

＊

オルトは気鬱を引きずりながら、修練場の一角にある小部屋へとはいった。聖術を鍛錬するための個室だ。このところ気持ちが乱れることが多くて術力が定まらないため、調整が必要だった。

机のうえに、水の入ったクリスタルのグラスと、植物の種子を用意する。

そうして気を集中しようとしたのだが、気が付くとアンリのことを考えていた。

アンリはこの一ヶ月ほど、オルトのことを露骨に避けている。ベッドではいまにも落ちそうなほど身体を離し、いつも目を深く伏せて視線をまともに合わせようともしない。食欲も落ちている。

あの部屋に閉じこめられてほかの人間と触れ合うこともできないのに、オルトにまで心を閉ざしかけている。

あまりにも痛々しくて手を差し伸べたくなるのだが……。

――自分には、その権利はない。

情けなさに心が萎(しお)れる。

しかしこのような状態が続いては、大事なときにアンリを守ることすらままならない。おのれを叱咤(しった)して、オルトは呼吸を整えると、種子を水のなかへと落とした。

そしてグラスにはじかに触れず、両手で包むようにする。

「生長の術」は、心を調(ととの)えるのに最適とされている。

種が水を含んで膨らみだす。オルトは慎重に気を注ぎこみつづける。種が割れて緑の芽が現れる。

それが双葉をつけ、その双葉のあいだからさらに緑の突起が生じて茎となっていく。

丁寧に術力を注ぎ足して育んでいくと、その茎の先端に蕾が結ばれた。固く小さな蕾が次第にふっくらとしてきて、花弁をほころばせていく。

一輪の白い薔薇(ばら)が完全に花開こうとしたその時、ふいに花弁の一枚に黒い染みが生じた。それはみるみるうちに大きくなり、次から次へと花弁を侵蝕していく。

　黒い薔薇を前にして愕然としていると、

「オルト――オルト！」

　懸命に自分を呼び捜す声が聞こえてきた。

　尋常でないものを感じ、オルトは椅子から立ち上がった。

　それと同時に、黒薔薇の花弁がはらはらと萼から剝がれて、机上に散り落ちた。

　オルトは不吉さに身震いしつつ部屋を飛び出し、廊下の向こうから走ってきた青年に応えた。

「グレイ、どうした？」

　グレイはその名の通り、灰色の目と髪をもつ修道騎士だ。年はオルトより一歳うえの二十四歳だが、修道では同期生で、子供のころからともに鍛錬に励んできた親友でもある。

　少し強引なところはあるものの大胆で漢気のある性格で、剣術にも聖術にも抜きん出ている。

　彼と競いあってきたことで、オルトもまた結果的に、グレイと肩を並べるほどの技を習得することができたのだった。ただ、体格だけは生まれもっての資質の差なのか、グレイのほうがオルトよりなにもかもひと回り大きかったが。

「ああ…オルト」

　グレイはこれまで見たことのないほど険しい顔つきでオルトの腕を摑むと、踵を返して走りだした。

「団長が負傷された。お前を呼んでる」

　その言葉にオルトの心臓は引き攣れる。

　全速力で走ってついたのは、修道騎士宿舎にある医務室だった。

六人ほどの修道騎士が治療台をぐるりと取り囲み、手当てをしていた。

オルトはその台へと駆け寄り、鋭く息を呑んだ。

そこに横たわっているのが父だと判別できるのは、深緑色の眸ぐらいのものだった。顔にも身体にも野獣の爪で引き裂かれたかのような傷が無数に刻まれている。

「……父、上……なに、が」

惑乱状態に陥るオルトを、グレイが支える。

「傷からすると――妖魔の仕業だろう」

妖魔は人の生気を吸い、血肉を喰らう。

しかし聖域である王城付近では、まず現れることはない。

「いったい、どこに妖魔が」

「団長は城の地下階段に倒れていたそうだが」

ほかの修道騎士が報告してくる。

「最下層の妖精塚に、妖魔の死体がありました。おそらく団長が妖魔と対し、相討ちしたのでしょう」

――妖魔と相討ち……。

まともに頭が働かないまま、とにかく手当ての輪に加わろうとしたときだった。

「もう、よい」

しわがれた父の声が言った。

「――みなに感謝、する。正しき修道騎士で…あれ」

団長の言葉に、修道騎士たちはおのれの無力さに歯噛みし、口惜し涙を浮かべる。

「息子と、ふたりだけに」

決して仕事仲間の前ではオルトのことを息子扱いしてこなかった父が、その言葉を口にする。

それを受け止めて、修道騎士たちが深く俯きながら退室していく。最後にグレイが、そっとオルトの肩を撫でてから部屋を出て行った。扉が閉まる。

「父上、禁忌術を使ってでもお助けします！」

生命力を移し替える秘術がある。生長の術を応用したもので、それならば父の命を繋ぎ留められるかもしれない。

その場合、自分の命は消えるかもしれなかったが、それでも修道騎士団長ライリはこの国のためにいなければならない人なのだ。

するとあるだけの力を振り絞ったような厳しい声音で叱責された。

「お前が死んだら、誰が殿下をお守りするのだっ」

「――ですが」

駄々を捏ねる幼い息子に向ける眼差しを、父が浮かべた。

そして、囁きかけるようにオルトの真名を呼び、命じた。

「お前の命と運命を生き抜け」

「――――」

真名において命じられれば、それに従わずにはいられない。

父を救えない事実に、父が一度きり真名をもちいて命じたことの親心に、オルトは嗚咽を漏らす。

父が真っ赤に濡れ染まった手をわずかに動かした。オルトは縋りつくように、両手でその手を握り締める。

「ハネスに、気を付けろ」

オルトは濡れそぼった目をしばたたいた。

「ハネス大司教のことですか？　……まさか、父上に妖魔を仕掛けたのも」

「おそらくは、ハネス、だ。塚の力を、ハネスは封じようとしている。それだけは決して、させてはならん——殿下とこの国の、ために」

王城の下には巨大な妖精塚がある。それのことに違いない。

「わかりました。父上、かならず」

詰まる喉から声を押し出して、誓う。

父の深緑色の眸が煌めいた。

そして最期の涙とともに、最期の言葉を零(こぼ)した。

「お前は私の——宝物だ」


父を弔(とむら)う段取りを決めて、オルトは椅子から立ち上がった。

「グレイ、手を煩わせてすまないが、そのように準備を頼む」

「ああ、任せておけ。俺にとっても団長はかけがえのない人だった……。技だけでなく、修道騎士としての姿勢も厳しく叩きこんでくれた」

「父は——前に言っていた。いつかグレイが、修道騎士団長になるだろうと」

するとそれまで硬く強張っていたグレイの顔に、悲哀の色がどっと流れこんだ。眇められた目が濡れる。

「俺なんかでは、とても団長のようにはなれない」

「——自分も、父と同じように思っている。それにお前が団長になってくれたら、それ以上に心強いことはない」

「オルト…」

声を震わせながらグレイが立ち上がり、テーブルを回って傍に来た。

両肩を摑まれて、彼のほうを向かされる。

「俺は、お前の力になりたい」

「ありがとう、グレイ」

親友の言葉に素直に礼を言うと、しかしグレイがわずかに首を横に振った。

「俺は、俺のためにお前の力になりたいんだ。ずっと——子供の頃から、そう願ってきた」

思い詰めた光が灰色の眸に浮かんで。

「俺は、お前に真名を捧げたい」

「……」

「受け取ってもらえるか？」

オルトは戸惑いに眸を揺らした。

確かに自分とグレイは幼馴染であり学友であり親友だ。オルトがいま、世界でもっとも頼れる人間であるのは間違いないが。

「なあ、オルト。この先、ひとりでアンリ皇子をお守りするのは荷が重すぎる。俺じゃ団長の代わりにはとてもならないが、それでも力にはなれる。……アンリ皇子を守るために、真名で俺を使ってくれていいんだ」

「グレイ――」

そこまで真摯に考えて、グレイは言ってくれているのだ。

そのことに心を大きく揺らされる。

――もしグレイと一緒に殿下をお守りできたら……。

アンリ皇子が取り替え子であることをグレイが知ったとして、その秘密を他言しないようにと真名で命じればいいのだ。そうすれば自分と同等か、あるいはそれ以上の能力のある者を、絶対的な味方に引き入れることができる。

しかし、そこまで考えたとたん、自分の節操のなさが恥ずかしくなった。

自分にとってこの世でもっとも大切なのは、間違いなくアンリだ。そのアンリを守るために、真名でもってグレイを都合よく利用しようというのだ。

しかもすでにアンリからも真名を教えられている。

ふたりの男に真名を捧げられながら、自分はいまだ父以外に真名を捧げたことはない。

おのれを分け与えることなく、あれもこれも手に入れようというのは、あまりにもふしだらで傲慢だ。

オルトは改めて親友を見上げた。そして肩にかかっている彼の手に、手を乗せる。

「その気持ちが心からありがたい。でも、真名を捧げてもらうわけにはいかない」

「お前はどうしてそう——」

グレイが抗う顔つきでなにか言いかけてから、ふと溜め息をついた。

そして泣き笑いのような顔になる。

「すまない。お前の特別になりたい気持ちが先走った。——だが、忘れないでくれ。真名で命じられなくても、俺はお前の頼みならなんでも聞いてやる」

オルトは蒼白い顔でかすかに笑んだ。

「ありがとう。心から頼りにしてる」


「まこと、か？　まことにライリ殿が？」

できればアンリに不安を与えたくなかったけれども、アンリのこれからにも大きく関わってくることだけに、オルトは父が亡くなったことを、その夜のうちに伝えた。

オルトは長椅子に座っているアンリの前に跪いたまま、深く俯いて報告を続けた。

「今後は部屋の封印を強固にし、信頼のおける修道騎士を厳選して部屋の見張りに当たらせることにしました。何者からも殿下をお守りいたしますので、どうか心安らかにお過ごしくださ——」

正面からアンリの身体がぶつかってきて、抱きついてきた。

オルトはその身体をそっと腕で包む。

「心細く思われるのは無理もありません。自分では頼りないでしょうが」

しかし意外なほどしっかりした声音でアンリが言ってきた。

「オルト、つらいのを我慢することはない。そなたたちは僕の理想の父と子であったのだ。僕がそなただったら、つらくてたまらないっ」

身体に回されているアンリの腕に力が籠もるのを感じて、オルトは自分が少年に抱き締めてもらっているのだと気付く。

とたんに、慌ただしく父の弔いや今後のことを決めるために遮断されていた感情が大きく蠢いた。

そして腹部に大きな穴が開いてしまったかのような感覚が押し寄せてくる。

自分が真名を捧げた敬愛する父は、もうこの世にいないのだ。

父の声を聞くことも、父の深緑色の眸で見詰められることも、父の手を肩に置かれることも、もうない。

「ライリ殿は、『神の護る島』で、いまひととき休んでいる。誉れ高き修道騎士であったのだから、島までの路を迷うこともなかったはず」

耳元で囁かれるアンリの声は、どこか聖歌のようでもある。

「その息子であるそなたは、ライリ殿の魂を引き継ぐ、気高い修道騎士だ。僕はそなたを信じ、そなたにすべてを委ね――」

ひとつ強く呼吸してから、アンリが続ける。

「そなたのことを、守る。誰よりも強くなって守ると誓う」

自分が守護者であらねばならぬのに、皇子の言葉と腕に、オルトは痛みをやわらげられていくのを感じる。

父を喪ったばかりのひとりの息子として、いま皇子に抱き締められている。

「殿下……」

——今夜だけ……今夜だけだ。

アンリのほっそりとした身体にしがみついて、オルトはその首筋を涙で濡らした。

4

城壁の内側にそびえ立つ鐘塔の鐘を、見張りの兵が打ち鳴らした。

それを合図に、修道騎士見習いたちの聖歌(チャント)が、王城の前庭からいまにも雨が降りだしそうな秋の空へと立ち昇りはじめる。

オルトもまたほかの修道騎士たちと同様、城の正面扉の前に道を作るかたちで整列した。

城の外から民たちの歓声が波のように寄せてくる。

その波に送られるようにして、開かれた門からハネス大司教一行が入城する。

本日、国中の修道院巡りから戻ったのだ。

ハネスは十三年前に大司教となってから、各地の聖堂を華美に飾り立てて権威づけを強化し、それによって民の信心を煽(あお)ってきた。その費用は国の財政を圧迫するほどで、民にさらなる重税が課されることとなった。

二ヶ月前に亡くなった父ライイリはそのことで幾度もハネス大司教に諫言(かんげん)したが、大司教が考えを改めることはなかった。

しかも父はおそらく、ハネス大司教が放った妖魔によって命を落とした。人間が妖魔を使役できるなどと聞いたことがないが、ハネスはそれを為し得るということか。

馬車からハネス大司教が降り、正面扉まで敷かれた真紅の絨毯のうえをもったいぶった足取りで歩きだす。長い鼻筋に金の髪と金の眸をしたノーヴ王族特有の顔立ちには、自分こそが神であるとでも言いたげな傲慢さが露わになっている。地方の修道院ではさぞかし贅沢な接待を受け、崇め奉られてきたのだろう。

オルトは近づいてくる父の仇に怨嗟の視線を向け、続いて斜め後ろを歩く青年に目を向けた。

黒いケープつきの聖衣をまとった、黒髪の青年だ。

黒髪——取り替え子でありながらハネス大司教の寵愛を享けていて、名はルカ・ホルムという。ホルム家といえば地方に大きな領地をもつ公爵で、ルカはその子息だ。とはいえ取り替え子であるため生まれてすぐに修道院に預けられ、八年前からハネス大司教に仕えている。

年は二十二歳で、オルトよりも一歳下だ。

かつて、皇后の死を預言した取り替え子がいたが、それがこのルカだった。

災いの預言者・ルカ。

そのように生まれ故郷では呼ばれていたそうで、この王城内でも彼のことをそう呼ぶ者たちはいる。

オルトの前を通り過ぎるとき、ルカがこちらに黒い眸をするりと向けた。視線が合うと、薄い唇がほのかに笑む。雨の匂いのする風が吹いて、胸にかかる長さの黒絹のごとき髪が、さらさらと流れた。

なにか幻惑されているかのような感覚に襲われ、強い悪寒がオルトの背筋を一気に駆け抜けた。そして、思いいたる。

――……ルカが父上を殺（あや）めた妖魔を操ったのではないのか？

その当時、ルカはハネス大司教とともに遠地にいたが、十四年前の皇后の死がルカによってもたらされたのならば、距離など問題ではないことになる。

そもそもハネス大司教は術力を有していないため、妖魔を操ったとは考えがたい。だとすれば、ルカが命じられて妖魔を遠方から操作したと考えるのが妥当だ。

妖精族は生まれながらにして術力をそなえており、それで人に危害を加えたり、いたずらを仕掛けたりすると言われている。それならば、取り替え子のルカもまた術力を有しているはずだ。

大司教とルカが城にはいったのと同時に、雨が降りだした。

出迎えの者たちが次々に屋内へと向かうなか、オルトは険しい表情で濡れゆく地面を睨み据えていた。

「オルト、大丈夫か？」

グレイに肩を叩かれて、我に返る。

「大司教の動きを監視する態勢は組んである。地下の妖精塚も封印されないように見張りを置いてあるし、お前はいつもどおりにして、大司教を刺激しないようにしろ」

妖精は気まぐれであり、取り替え子という災いの種を人の世に撒くものの、妖精界は人間界に聖なる風を送りこみ、恵みをもたらすものでもある。それ故に、ふたつの世界を結ぶ妖精の輪や妖精塚は守らなければならない風の通り路なのだ。

父の遺（のこ）した言葉は、オルトとグレイのほか、信頼のおける修道騎士たちに共有され、対策が立てられていた。王城所属の修道騎士内にも派閥（はばつ）があるため、親大司教派に動向を悟られないようにする必要があった。

「……グレイ、もしかすると妖魔を操った者がわかったかもしれない。話を聞いてくれるか？」

グレイが眉間に皺を刻み、深く頷いた。

オルトが父から譲り受けた男爵邸のシガレットルームに、ウッドの香りのする煙が漂う。オルト自身は嗜（たしな）まないが、父が愛煙家であったため、その香りは父を思い出させた。

グレイが細巻きシガーを手に、ここまでの話し合いを整理する。

「ルカ・ホルムは取り替え子で、不吉な預言を口にする。だが、それが本当にただの預言であるのか、ルカが術力でもって現実にしているのかは、いまの段階ではわからない」

オルトが対になっている革張り椅子から頷きを返すと、グレイが続けた。

「最悪の事態を想定して先手を打っていかなければ、アンリ皇子も妖精塚も守ることができない。だから、大司教と同様にルカに対しても最大級の警戒をする」

「それが最善だと思う」

新たな紫煙がグレイの口から流れ出る。

オルトはこの場所で、煙草（たばこ）を愉しむ父と過ごしたことが幾度もあった。対話をすることもあれば、特に言葉もなく過ごすこともあった。

その時間が永遠に喪われたことに、改めて臓腑が軋むように痛む。

「ひとつの可能性だが」

グレイが難しい顔で言う。

「ルカが大司教を操ってることも考えられる。……なんでも身体を使って取り入っているという噂もあるぐらいだからな。大司教はどこに行くにもルカを連れ歩いて、夜も同じ部屋で休む」

ルカにはなんとも妖しい魅力があるだけに、その仮説には説得力があった。オルトはおぞましさに身震いする。

しかし同時に、別のことを思い出させられた。

「そういえば、ハネス大司教には昔その手の悪い噂があった。自分たちが修道騎士見習いになって一年目のころに」

「ああ、あったな。見習いが大司教に乱暴されてたっていう噂が」

オルトが九歳のときのことだった。

三歳年上の修道騎士見習いが夜に補習の名目でハネス大司教の従者に連れられて宿舎を出て行くのが目撃され、それが二ヶ月ほど続いたのち、定期の試験に落ちて除名となったのだった。

親元で暮らしていたオルトにはよく事情がわからなかったが、宿舎で寝起きしている見習いの年長者たちが「大司教に乱暴されたんだって」とひそひそ話をしていた。当時のオルトにはその乱暴の意味が理解できていなかったのだけれども。

「思い返せば、似たようなことが俺の知る限り五件はあった」

「そんなにか？」

「ただ見習いから修道騎士になれるのは、資質があっても三人にひとりだ。だから大司教が目をかけた見習いに補習をさせていてもおかしくないと、あの頃は思ってた。……胸糞悪いな」

吐き捨てるように言って、グレイが葉巻の先端を灰皿に擦(す)りつけて潰す。

「まあ要するに、大司教のそういう悪癖に、ルカがつけこんだ可能性は高いってことだ」

話し合いを終えたふたりは男爵邸をあとにして、グレイは修道騎士宿舎のほうに、オルトはアンリのもとへと向かった。すでに十時を回っているため、皇子はそろそろ就寝の準備をしているはずだ。

アンリの部屋の前まで来たところで、オルトは眉間に皺を刻んだ。

皇子の居室はこの廊下から三つの部屋を抜けたところに位置するのだが、廊下には信頼のおける修道騎士が常時二名、見張りについている。しかしなぜかその姿がないのだ。

――この匂いは……。

頭の芯が痺れるような香りが漂っている。眠りを催す草を焚いた匂いだ。

オルトはマントで口許を覆うと、扉に駆け寄ってその表面に掌を当てた。

「…っ、そんなはずは」

扉にかけたはずの封印が破られている。

オルトは部屋に飛びこんだ。するとそこの床にふたりの修道騎士が倒れており、鼾(いびき)をかいて眠りこけていた。

――いったい、誰が。

三つの部屋を突っ切りながらオルトは剣を抜く。

最後の扉を素早く開け放ち、飛びこむ。

ベールを被ったアンリが部屋の中央に立っていた。

「殿下、ご無事で！」

駆け寄ると、アンリがオルトの腕をそっと摑んできた。そしてベールの下から指し示す。

示されたほうへと視線を向けたオルトは、鋭く息を吸いこみ、剣をグッと握りなおした。

長椅子に脚を組んで腰掛けている黒髪の青年が、微笑を浮かべる。

「夜分に失礼しています」

オルトは剣を収めずに、アンリを自分の後ろへと隠して厳しく問い質す。

「このような不敬が許されると思うか？」

「大切なお話がありましたので、やむを得ず」

「それならば、まずは自分に話を通すのが筋というもの！　封印を破って押し入るなど」

ルカが溜め息をついて指摘してきた。

「私に破れる程度の封印をかけて、皇子を守っているつもりでいたのですか？」

「――」

ゆっくりと組んだ脚をほどき、ルカが立ち上がる。そして無防備にオルトの目の前まで歩いてきた。

――この男が、妖魔を操って父上を殺めたのかもしれない……。

剣を握る手に力が籠もる。

ルカがわずかに低い位置から、オルトの眸を覗きこんできた。

「私がアンリ皇子を守る手助けをしましょう」

オルトは数拍ののちに、顔を歪めた。苦々しい気持ちで返す。

「大司教の側近であるルカ殿が、なぜそのような心にもない申し出をする？」

「私の心のありようを、どうしてあなたが知っているのですか？」

闇そのものの漆黒の眸に見据えられて、オルトの肌はザッと粟立つ。

ルカの視線がオルトから逸れ、背後のアンリを透かし見るかのように細められる。

「アンリ皇子、あと四年ですね」

囁かれたその言葉に、なぜかアンリが小さく悲鳴をあげた。そしてオルトの背後から飛び出す。

「殿下、危険ですっ。自分の後ろに」

留めようとしたがしかし、オルトの腕を擦り抜けて、アンリがルカへと駆け寄ってしまう。

「どうして、それを…っ」

アンリがルカの腕を両手で摑みながら問う。

「どうしてあと四年だと、そなたは知っている？　十八歳になったら、なにがあるというのだ？　あの鏡に映る銀色の人影を、そなたも見たことがあるのか？」

どうしてアンリがこんなふうに取り乱しているのか、アンリがなにを言っているのかがまったく理解できず、オルトは困惑する。

しかしルカは落ち着いた様子のまま、アンリをベール越しに見詰めながら答えた。

「銀色に輝く方に、私は直接お会いしたことがあります。いまの殿下と同じ、十四歳のころのことでした」

「まことか…？」

ルカが頷き、静かな声音で告げる。

「その時に、殿下のことも伺いました。殿下が十八歳になられると同時に、契約の刻が訪れると」

「契約の刻……」

「あなたがここに送りこまれた理由を、私は知っています」

アンリを包む黒いベールが小刻みに震えた――かと思うと、まるで一気に流れ落ちるようにベールが床へと落ちた。

「殿下、いけませんっ」

オルトはアンリの頭をマントでかかえて、その黒髪をなんとか隠そうとする。

――なんということだっ！

よりによって、ハネスの側近に致命的な秘密を知られてしまった。頭のなかが冷たく痺れ、結論が弾き出される。

――……こうなったら、生きて帰すわけにはいかない。

この秘密だけは、なにをしてでも守りとおさなければならないのだ。

オルトは剣を斜め後ろに引いて斬りこむ態勢になりながら、ルカへと視線を走らせた。そしてルカのまったく動じていない様子に、瞠目する。

「まさか……知って、いたのか？」

「アンリ皇子が私と同じ身の上であると、ずっと前から知っていました」

その答えに、ルカの姿が明滅して見えるほどの衝撃をオルトは覚える。

「――ハネス大司教も、知っているのか？」

「大司教は知りません」

「本当……か？」

「私は大切なことはなにひとつ、ハネスと分かち合ったことはありません」

その黒い眸がかすかに濡れて、一瞬、遠くを見る眼差しになる。そして目をきつく閉じ……次に瞼を上げたときには、眸は鎮まっていた。

「私を信じるしか、もう路はありません」

オルトは唇を嚙み、逡巡する。

すると腕のなかのアンリが懇願する声音で言ってきた。

「オルト、僕はルカの話を聞きたい。信じるかどうかは、その後に決めればよいのではないか？」

確かにここまで来たら、腹を据えて応じるしかない。

――もし殿下のためになる情報があるのなら、それを聞いてから手にかけても遅くはない。

そう自分に言い聞かせて、オルトは「御意に」と返してアンリを腕から解放し、剣をいったん収めた。しかしいつでも抜けるように右手は柄に添えておく。

アンリが改めてルカの前に立つ。

その顔は緊張に蒼褪めていたが、毅然と顔を上げてルカを見詰めた。

ルカが右手をみぞおちに添え、丁寧に頭を下げて敬意を表す。

「私は殿下を契約の刻へと導くことを、あの方から申しつけられました」

「あの方とは――銀色に光る者か？」

「そうです。あの方は、妖精王。殿下を人の世に送りこまれた方です」

アンリが目を瞠る。オルトもまた、ルカの口から出た言葉に息を吞んだ。

妖精界は、人間界と通じている。その通路は、森のなかにひそかにある「妖精の輪」や「妖精塚」と称される遺跡で、ノーヴ帝国領に複数ある。その最大のものが、王城下にある妖精塚だ。

——その妖精界の王が、殿下を取り替え子にしたと……？

「それは、どのような契約なのだ？」

アンリが畏れと、知らずにはいられない衝動とを滲ませながら尋ねる。

「たぐい稀な強靭さと不安定さをもつ精霊が、人の世で研磨されることにより、世界を糺す聖なる力の行使者となり得る。そのような契約です」

「……それは、守りたい者を守れるだけの、強い力なのか？」

「はい。とても強大な力です。妖精王の力が皇子を通して人間界に放たれるのですから」

「妖精王の、力」

「そうです。ですから、穢れのない器であらねばなりません」

アンリが深く頷き、琥珀色の眸を煌めかせる。

しかしアンリが昂揚感を覚えているのとは裏腹に、オルトの胸には不穏なざわめきが湧き上がっていた。

術の行使は、それに相応する負荷を術者にかける。それは聖術で基本とされていることだ。世界を糺せるほどの強大な力となれば、どれほどの負荷となるのか、想像もつかない。

そして、そんな神のごとき力を手にしたとき、果たしてアンリはアンリのままでいられるのだろうか？

鬱々と考えこむオルトに、アンリとひとしきり話し終えたルカが去り際に声をかけてきた。

「今日はもう時間がありませんが、近いうちに強固な封印術をお教えします」

信頼したわけではないが、とりあえずアンリを守るためにルカを利用することはできそうだった。


その夜、ベッドに横になってからもアンリは興奮冷めやらぬ様子だった。

「ルカと話せて、本当によかった。あの銀色の人影の正体も知ることができた……妖精王だったなんて」

アンリがルカに話していたことによれば、十一歳の生誕日に鏡に銀色の人影が映り、話しかけてきたのだという。それ以来、毎年の生誕日に現れては、十八歳までの残り年数を告げてきて、アンリは怯えていたらしい。

「どうして、そのような大事なことを自分に相談してくださらなかったのですか？」

つい詰るような言い方になってしまう。

「話したら、オルトによけいな心配をかけると思った。それに今日まで、もしかすると幻なのかもしれないとも思っていたから」

実際のところ、相談されてもオルトではルカのように悩みを解消してみせることは不可能だっただろう。不甲斐なさを噛み締めていると、アンリが目を瞑ってぽつりと呟いた。

「生まれて初めて、仲間に会えた」

仲間——取り替え子、ということだ。

それは、オルトがどれほど近くにいても、アンリにとっては異なる存在であることを意味していた。

こうして同じベッドに横たわっているのに、自分たちのあいだに埋められない深い溝があるように感じられて。

その溝を埋めたくてたまらない衝動に駆られて、オルトは思わずアンリへと手を伸ばした。

そっと抱き寄せようとすると、アンリがパッと目を開けてもがき、上体を跳ね起こした。そして少し怒ったように言う。

「子供みたいに扱うな」

露骨な拒絶を示されて、オルトは心臓に痛みを覚える。

「申し訳ありませぬ……」

謝りながら、オルトは気づく。

自分はルカに嫉妬しているのだ。

彼はアンリの「仲間」であり、あっという間にアンリの心を捉えた。

――……この先、殿下が必要とされるのは、ルカ殿なのか。

妖精の世界のことに自分は関わっていけない。

十八歳になって契約どおり妖精王から強大な力を与えられたアンリの横に、もう自分の居場所はないのだろう。

さらに心臓が激しく痛んで、オルトは「今日は長椅子のほうで休みます」と呟きながら身を起こそうとした。

するとアンリが慌てて、オルトの肩を摑んできた。

「そ、それは、許さない」

起こしかけた上体をベッドに押し倒される。

「殿下…」

オルトは自分に覆い被さっているアンリを見詰める。

少年らしいなめらかな輪郭を縁取る、ゆるい癖のある黒髪。顔立ちはまだ繊細な印象が強いが、しかし鼻梁はしっかりとしてきている。

そして、その優しげな琥珀色の眸にはいま、苛立ちと焦りのようなものが滲んでいた。

「オルト、僕は――」

琥珀色の眸が濡れながら近づいてくる。

唇に乱れた吐息がかかる。

オルトは身動きできないまま目を見開き……ふいに大きく瞬きをした。それに釣られたようにアンリもまた瞬きをし、視線を大きく下に向けた。

「ぁ…」

困惑したような声を漏らしたかと思うと、アンリは弾かれたようにオルトのうえからどいて、そのままベッドを飛び降り、浴場の扉へと裸足で走り去っていった。

オルトは左手で自分の腰骨に触れた。そこに押しつけられたアンリの硬くなった茎の感触が、刻印されたかのように残っている。

もう片方の手を拳にして、その甲を口にきつく押し当てる。アンリの吐息の感触がこびりついてしまっていた。

――自分が……しっかりしていないせいで、殿下は混乱しているのだ。

まるでアンリと同世代の少年のように拗ねて、煽ってしまった。

そもそも、このようないびつな環境に置かれていれば、そういう欲求の対象を見誤るのも無理はない。

――だから、勘違いをするな。

自分に強く言い聞かせる。

ルカに嫉妬したり、自分がアンリから必要とされなくなるのを懼れたりするのは、もうやめよう。

そして皇子を守護するという自分の務めだけに邁進するのだ。

……しかしそう決意する端から、どうしようもなく湧き上がってくるものがあって。

「っ……ふ」

オルトは腰をきつく捩り、生じてしまったものを消そうと努める。

そうしているうちに、アンリが浴場から戻ってきた。

とっさに眠ったふりをする。

アンリはいったん隣に横になったものの、しばらくするとオルトに身を寄せてきた。

唇のすぐ横に、熱っぽくてやわらかなものが押しつけられるのを、オルトは感じる。

「おやすみ、オルト」

ほどなくしてアンリが寝息をたてはじめる。

オルトは目を閉じたまま、眉根をきつく寄せた。

口づけられたところと腰骨が、焼け爛れたかのように疼いていた。

5

初めのうちはルカをどこまで信用していいのか手探り状態だったが、彼は約束どおりアンリを守るのに必要な強力な封印術を授けてくれ、またオルトでは知り得ない、ハネス大司教の野心と陰謀についても教えてくれた。

ハネス大司教は、兄である皇帝と三人の皇子たちを破滅させ、みずからが皇帝になることを画策していたのだ。

しかし破滅といっても、ただ死亡するかたちでは、そののちに皇帝となる自分に国民の不審の目が向けられることになってしまう。

だから、いかにもみずから破滅していったかのように見せることが重要なわけだ。

「イズー皇子とロンド皇子が身を持ち崩しているのも、大司教が裏から手を回したためです。それにより国民の心はふたりから離れ、アンリ皇子へと向くようになりました」

シガレットルームの、対になっている革張り椅子に座っているルカへと、オルトは身を乗り出した。

「では、殿下の生誕日にイズー皇子とロンド皇子の従者たちが妨害しようとしてきたのも……」

「大司教が煽ったためです」

オルトは唸る。

「父上は大司教が王城下の妖精塚を封じようとしていると言い遺した。それは、どのような思惑があってのことだ？」

「妖精塚を封じることによって、大司教は妖魔を大量に作り出そうとしています」

「妖魔を……作り出す？」

「取り替え子を妖魔にする術を、ハネス大司教は習得しています。取り替え子を真名で縛ったうえで妖魔にするのです。本来ならば、妖魔とは意思の疎通ができませんが、それならば意のままに操れる妖魔を作り出せるわけです」

戦慄（せんりつ）を覚えながらオルトは確認する。

「意のままに操れる妖魔――父上を襲ったのはそれだったのか？」

「おそらく、そうでしょう」

惨（むご）い事実に顔を歪めたオルトは、しかしハッとして椅子から立ち上がった。ルカの椅子の背凭（せもた）れに手をつき、黒髪のあいだから覗いている白い耳に唇を寄せる。そして囁き声で問うた。

「殿下も、妖魔にされる可能性があるということか？」

ルカもまた、もし聞き耳を立てている者がいたとしても決して聞こえないほどの小声で返してきた。

「そうです。しかも皇子は非常に強い力をもつ妖魔になる可能性を秘めています。だから決して皇子を妖魔にしてはならないと、妖精王は言っていました」

背筋を冷たい汗が伝うのをオルトは感じる。

「ハネス大司教は、皇子の秘密を知りません。それは私が保証します。ですからこのまま秘密を守り、皇子の真名を決して知られないようにするのです」

ルカの耳から口を離したオルトは宙を睨み、呟く。

「契約の刻まで、か」

あと四年ものあいだ、どうすれば確実にアンリを守り抜けるのか。

——そもそも、大司教さえいなければ……。

考えが表情に滲んだのか、それとも預言者と言われるだけあってルカには特別な洞察力がそなわっているのか。

「大司教を消しても、この問題は解決しません」

黒い眸がオルトを見据える。

「もともと大司教に、取り替え子を妖魔にする方法を教えたのは、隣国のシベリウスです」

「シベリウス王子が？」

隣国クシュナの民は褐色の肌に、淡色の髪と眸をもつ。

なかでもシベリウスは銀の髪と銀の眸に、恵まれた体軀をそなえており、南方国家を侵略する際にさまざまな戦術をクシュナ王に進言し、陣頭に立ってきた傑物(けつぶつ)であるという。

十六歳のころからみずから軍を率いて出兵し、この十二年間で七つの中小国をクシュナの属国とした。それにより、クシュナはいまやノーヴ帝国よりも広い領土をもつにいたっていた。

「大司教を都合よく使えるからこそ、シベリウス王子はノーヴ帝国に手出しをしてこないのです」

「もし大司教になにかあれば、クシュナが攻めこんでくる可能性が高くなるわけか…」

ルカが厳しい表情で頷く。

「ノーヴ帝国は王城下に妖精塚をもつことで、聖なる力によって守られています。この国にのみ妖精の輪が出現するのも、取り替え子が生まれるのも、そのためです。妖精塚が封殺されれば、世界に妖魔が跋扈することとなるでしょう。おそらく、それがシベリウス王子の狙いです」

オルトもまた険しい顔になり唸る。

シベリウス王子に乗りこまれるよりは、大司教を生かして泳がせておくほうが、手の打ちようがあるというわけだ。

「契約の刻まで時間稼ぎをするのが最善ということか」

十八歳になればアンリには、妖精王との契約により強大な聖なる力が付与されるという。それはシベリウスをも退けられる力であるに違いない。

「王城下の妖精塚はノーヴ帝国の要です。妖精塚を封印されないように守ったうえで、アンリ皇子が契約の刻を王城内で迎えることが必要です」

革張り椅子から立ち上がりながらルカが続ける。

「妖精王とノーヴ帝国とは、次元を違えているものの表裏一体。どちらかに異変が起これば、もう片方にも甚大な影響が出ます。そしてアンリ皇子は、妖精界とノーヴ帝国――人間界とを繋ぐ役割を担っているのです」

「……殿下は、なんと重い荷を背負わされていることか」

シガレットルームを出たルカが、男爵邸の裏口へと向かいながら訊いてきた。

「オルト殿は、アンリ皇子の真名をご存知なのですか？」

無言で頷くと、ルカが横目で舐めるようにオルトを見た。

「あなたがアンリ皇子の弱みということですね」

「え…？」

「真名を捧げるほど深くあなたのことを想っている――それは、あなたが皇子の致命傷になり得るということです。それを心しておいてください」

「――」

ルカが扉を開けて、夜闇へと身を滑らせる。

黒髪と黒い聖衣のせいでその姿はすぐに掻き消された。

そして昏く澄んだ声だけがオルトへと届く。

「皇子を運命から守れるのは、あなただけです」

その言葉に、オルトの胸は激しくざわめいた。

災いの預言者ルカは、もしやアンリの運命を知っているのではないか？

タラスク。

人喰い怪獣という運命から、アンリを守る。

オルトは目をきつく閉じ、自分の真名の刻まれた左手をきつく握り締めた。

一年ほど前にルカという心強い味方を得て、オルトは大司教の動きを摑んだうえで、以前より確実にアンリと妖精塚を守る手段を講じることができるようになった。

またさすがに預言の能力に長けているだけあり、ルカには人を見定める目があった。それにより、修道騎士内に信頼できる同志を増やすことができた。

ルカはアンリのよき相談相手にもなってくれた。

本当は自分がいないところでふたりを接触させたくなかったが、しかし「仲間」に胸襟を開けるのはアンリにとっては得がたい機会であり、ルカと会ったあとのアンリは活き活きした顔つきをしていた。そして外の広い世界に強い関心をもつようになり、それを知るための書物を数多く所望するようになった。

自分の運命が世界と繋がっているのだと知ったことで重圧を感じてもいるだろうが、それ以上に「ここに置かれた意味」というものを、アンリは手に入れたのかもしれなかった。

オルトはルカと繋がっていることは、親友のグレイにも秘密にしている。

表向きは、ルカはあくまでハネス大司教の寵愛を享けている側近として振る舞いつづけていた。だから城内でルカの陰口を耳にすることは多かった。

陰口の内容はたいてい「取り替え子のくせに身体で大司教に取り入って、ノーヴ帝国に災いをもたらすつもりに違いない」というものだった。

以前はオルトも同じように考えていたが、いまはそれを耳にするたびに、反論したい気持ちに駆られる。

……ただ、その陰口の内容の半分が事実であったことを、オルトは深夜にたまたま聖堂の前を通りかかったときに知ることとなった。聖堂の扉が少し開いていたため閉めようとしたところ、奥の祭壇のところに人影を見つけたのだ。

それはルカだった。

ステンドグラス越しの月光を薄っすらと浴びながら、ルカはこちらを向くかたちで祭壇に腰掛けていた。その聖衣は乱され、左肩と左胸が剝き出しになっていた。暗闇にほの白く浮かび上がる肩に、手が這いまわる。

オルトは息を呑んで目を凝らし、口を掌で押さえた。

――ハネス…大司教？

あの白い聖衣の後ろ姿は、そうであるに違いなかった。

ハネスに胸をまさぐられて、ルカが祭壇に後ろ手をつく。

――助けないと。

なにか廊下で物音をたてればやめるに違いない。そう考えて実行に移そうとしたとき、ルカの視線が宙を彷徨ってオルトのうえで止まった。

淡く瞬きをして、ルカがかすかに首を横に振った。よけいなことをするな、と言いたいらしい。

――しかし、こんな……。

ハネスの指が胸の粒をきつく抓ると、ルカの身体がビクンと跳ねた。幾度も抓ってから、ハネスの顔が胸へと伏せられる。

舐めてはしゃぶる音が聖堂の暗がりに響きだす。

ルカはオルトを視線で牽制しつづけたまま、ふいに眉をひそめて唇を嚙んだ。そしてまた首を横に振り、立ち去るようにと顎で示した。

しばし逡巡したものの、オルトはルカの指示に従った。

廊下を重い足取りで進みながら、激しい胸のむかつきをオルトは覚えた。

あの様子からして、ルカはこれまでもハネスに身体を投げ与えてきたのだろう。そうやってハネスの懐にはいりこみ、内情を探ってきたわけだ。

聖堂でのことを目撃した翌日、オルトは話があるときにいつもそうするように、城内ですれ違った際にルカに合図を送った。ルカはこちらに視線も向けなかったが、夜に男爵邸を訪れた。

裏口の扉からはいってくるなりルカが言ってきた。

「あまり時間を取れませんので、今日はここで。私のほうからも大切な話があるのです」

淡々としたルカの様子に、オルトは鼻白む。

相手がなかったことにしたいのならば、それを蒸し返すのは気が引けたが、やはり尋ねずにはいられなかった。

「ルカ殿、自分にできることはないか？」

「私のことを気にかける必要はありません」

「ノーヴ帝国を――世界を救うために、こらえているのか？　あのようなことを」

「……私は、私のために運命の輪を回しているだけです」

ルカが視線を宙に向け、どこか遠くを見る眼差しになる。そしてほのかに甘い笑みを頬に浮かべた。

「ようやく、また運命が交わる」

そうひとり言のように呟いてから、ルカがオルトをまっすぐ見据えた。

「大司教から、海商となる許可を得ました」

唐突な報告に、オルトは目を見開く。

取り替え子が修道院以外の場所で暮らすことは許されていない。ルカの父が公爵であるとはいえ、例外ではないはずだ。

ルカが微笑する。

「驚かれるのも無理はありません。ですが、言ったように私は私のために選択して進んできたのです」

ハネスに身体を弄ばれても、ルカは決して被害者ではないのだ。そのように考えることはルカへの侮辱なのだと、オルトは気づき、おのれを恥じた。

「ルカ殿は、強いお方だ」

噛み締めるように呟くと、ルカが黒い眸を輝かせた。

「これから先は繰り返し、数ヶ月のあいだ王城を離れる生活になりますが、できる限りの力添えをします。そして、三年後の契約の刻に大きな力となる助け手を、かならずや連れて戻ります」

*

十七歳の生誕日が訪れた。

目を覚ましたアンリは部屋を見回した。オルトの姿はない。今日はバルコニーで国民から祝福を受ける儀式があり、その準備や警護のためにオルトは早朝から出ているのだ。

アンリはベッドから降りると、逡巡ののち、意を決して姿見の前に立った。

黒髪の少年が映りこむ。

一年前の今日よりも確実に大人に近づいている。

身長はもうすぐオルトに追いつくところまで伸びた。身体つきはまだ頼りないが、剣使いではオルトを負かすこともある。

――でも、まだまだ足りない。

灰色の眸と髪をもつオルトの親友の姿が脳裏をよぎる。

「グレイより、もっと大きく、もっと強く、なりたい」

オルトに守られるばかりでなく、オルトを守れるだけの男になりたいと渇望してきた。そのために剣技を磨き、世界に対する知識も増やしてきた。

グレイよりも強くなり、ルカのように賢くなりたい。

――そうなれたら、僕はオルトに……。

胸を高鳴らせたその時、部屋のランプがいっせいに吹き消されたかのように消えた。

「あ…」

アンリは寝衣の胸をグッと摑んで、全身に力を籠めた。

そして逃げずに、鏡に向き合いつづける。

鏡面に淡い光の波紋が広がり、アンリの姿が滲み消え、代わりに銀色の人影がそこに現れる。

――妖精王、だ。

十一歳のときから生誕日になると、この銀の人影が現れるようになり、十四歳のときにルカがそれは妖精王なのだと教えてくれた。

『あと、一年……』

頭のなかで笛の音色にも似た声が響く。

畏怖に身を震わせながらも、アンリは深く呼吸をして妖精王に対峙(たいじ)する。

これまでは鏡から逃げてしまっていたけれども、もう十七歳になったのだ。妖精王から――自分の運命から、もう目を背けてはいられない。

懸命に銀の光を見詰めていると、そこに滲むように菫色(すみれいろ)が生じた。位置からして妖精王の眸であるらしい。

「よ…妖精王、尋ねてもよいか？」

妖精王が質問を促す瞬きをする。

「来年、契約の刻が来たら、僕にはなさねばならないことがあると聞いている。……世界を聖なる力で守る役目があると」

そのことについて十四歳のころからずっと考えてきたけれども、本当のところを言うと、まったく実感が湧かない。

いまの自分にとって世界とは、この部屋とオルト、そして数ヶ月に一度ここを訪れるルカだけなのだ。父と兄たちですらベール越しに見る靄(もや)のような存在でしかない。

だから、世界に対する役目があると言われても、靄がかったものしか思い浮かべることができない。

そのようなことで重い役目を果たせるのかと懊悩する日々だった。

そうして悩み抜いた末に、ひとつだけ明確な目的に行きついた。

「世界を守ることで、オルトを守ることはできるのか？」

妖精王が小首を傾げるようにした。じっとこちらを見る菫色の眸を怯まずに見詰め返していると、鏡面が波打ち、そこから銀の光の腕が二本、現れた。その手がアンリの頬を挟み、包む。

『務めを果たせば、若草色の眸の修道騎士もまた守られるであろう』

「どのような敵からも？」

『そう、どのような敵からも』

アンリは眉根を寄せてさらに問う。

「――僕から、も?」

もしも自分が真名のままに人喰い怪獣になってしまったら、自分はオルトを喰べてしまうかもしれない。

オルトへの想いが――オルトのすべてを自分のものにしたいという欲望が強まっていくほどに、その怖さがなまなましく膨らんでいっていた。

自分のなかでは、性的な欲望と、喰らって我が物にしたいという欲望とは、紙一重のものなのだ。

十四歳でオルトに対して明確な性的欲求をいだくようになってから、毎日は甘い地獄のようだった。

隣に眠るオルトを襲いたくなるのをこらえながら、口と性器からひそかに体液を垂らす自分は、獣そのものだった。

そんなおぞましい自分を、清廉なオルトから隠すことに疲弊していた。

だから、十八歳になって聖なる力を与えられるという事実は、アンリにとっては救いの光だった。

人喰い怪獣となる運命までも、それは浄化してくれるのではないか。

そして自分は清らかになり、オルトと釣りあう者になるのだ……。

『そなたは』

しばしの間があってから、妖精王が呟いた。

『みずからの運命に打ち克たねばなるまい』

その言葉に重なるようにして、鈴の音が部屋に鳴り響いた。廊下からここに繋がる部屋の扉が開けられたのだ。

とたんに光の手が崩れ消え、部屋中のランプの光が甦った。鏡には自分の姿だけが残されている。

アンリがベールを被ったのと同時に、オルトが部屋にはいってきた。

「殿下、お目覚めでしたか」

アンリが「おはよう」と言いながらベールを脱ぐと、オルトが目の前で跪いた。恭しくアンリの手を取り、その甲に額をそっと当てる。

「十七歳の生誕日を迎えられたこと、お慶(よろこ)び申し上げます」

「……今日を迎えられたのも、そなたのお蔭だ」

「もったいないお言葉です」

オルトが眩しいものを見るように目を細める。

「本当に立派になられました」

——立派になど、なれていない。

『そなたはみずからの運命に打ち克たねばなるまい』

妖精王はそう言った。

運命に打ち克たなければ、聖なる力を手に入れようがオルトを守れないのだ。

これまで取り替え子という運命に流されることしかできなかった自分に、果たして人喰い怪獣となる運命を覆すことができるのだろうか。

不安な漣(さざなみ)を胸にいだいたまま、アンリは食事を終えて身支度を終え、紫色の布地に金の刺繍(ししゅう)がほどこされた正装をまとった。

オルトが黒いベールをふわりとアンリの頭に被せ、跪く。

「今日一日をつつがなく送られますよう、全身全霊で皇子をお守りいたします」

これまで水面下ではさまざまなことが起こってきたものの、自分たちの――自分とオルトの日々は壊れることなく続いてきた。

「そなたに僕のすべてを委ねよう、オルト」

やわらかい声でそう応えながらも、アンリはこの日々が壊れる刻が近づいていることを感じていた。

そして実際、破壊の爆発はその日のうちに起こった。

アンリが民からの祝福を受けるためにバルコニーに現れたのとほぼ同時に、地響きにも似た轟音が上がったのだ。控えていたオルトが飛び出してきてアンリを抱き締める。

軍港に近い地区から炎と煙が立ち上っていた。

「オルト、あれはいったい…」

「大丈夫です。殿下。おそらく大砲工場で火災が起こったのでしょう。あそこには大量の火薬がありますから」

その声が意外なほど落ち着いていることに違和感を覚えて、アンリはすぐ間近にあるオルトの顔を見た。彼の口許には、かすかな笑みが滲んでいた。


大砲工場の爆破がオルトと通じている者たちの手によるものだったことを、アンリは夜になってから自室で教えられた。そしてもうひとつ、驚くべき事実を知らされたのだった。

「ルカが約束していたとおり、助け手を連れて戻ってきました」

来年の今日訪れる、契約の刻。

その時に大きな力となってくれる助け手は、驚くことに、「海の冥王（めいおう）」とも呼ばれている大海賊ゼインだった。彼は広い海域をみずからの狩り場とし、ほかの海賊団も多数その配下となっているという。

しかし、ほかの多くの海賊がそうであるように、ゼインもまたノーヴ帝国から追放された者だった。要するにノーヴ帝国に強い恨みをもつ者であり、そのような男がノーヴ帝国を守るために力を貸してくれるとは、アンリにはとうてい思えなかった。

そして実際、ゼインは簡単に力を貸してくれるような男ではなかった。

「ルカ殿は、殿下が海の冥王とじかに会われて、世界の窮状を殿下の口から伝えることが必要だと考えています。……自分もその必要は感じますが、しかしなにぶんにもどのような無礼を働くともわからない海賊ですので」

逡巡するオルトにルカは告げた。

「海の冥王に、僕は会いたい」

契約の刻にその力を借してもらうため、という目的もあったが、それ以上にゼインという男に、純粋に会ってみたかったのだ。

海の冥王とまで呼ばれる男は、どんな人物であるのか。

……そして、ゼインはおそらくルカの想い人なのだ。

ルカは海商になる前、オルトがいないときにこの部屋を訪れ、アンリの話し相手になってくれた。

ノーヴ帝国や世界の現状についても忌憚なく教えてくれて、アンリがそれに向き合う手伝いをしてくれた。

それに加えて、アンリは具体的にではないものの、オルトへの秘めた気持ちをルカに相談していた。その際に、ルカもまた幼馴染のことを口にしたのだ。その幼馴染は海賊になっていると言っていた。

恋情や性的な欲求といったものは、異性に向けるのが普通であるとされていることを、アンリは書物を通して理解していた。だから自分がオルトにいだいているものは普通ではないと思い悩んでいた。けれどもルカもまた同性の幼馴染を想っていることを知り、とても励まされたのだった。

生誕日から三日後の深夜、ついにゼインと会えることとなった。

ミレーと最期の別れをした日と同様に、アンリはオルトに連れられて隠し通路へとはいった。そして螺旋階段を上っていき、そこから廊下に出て、塔の最上階にある八角形の空間へと出た。いくつものアーチ窓に嵌められたステンドグラスがほのかに部屋を照らしている。

その最奥に据えられた高い背凭れのある椅子へとアンリは腰掛け、オルトは椅子の左横に控えた。

ほどなくして部屋の壁の一角が開き、その隠し扉からふたつの人影が現れた。

ひとりはルカで――もうひとりは、暗がりにも輝く金の髪をした男だった。上着を着ていないため、シャツとベストと脚衣という姿で、堂々とした恵まれた体軀がはっきりとわかった。

彼から放たれる空気は、猛々しくて自由で放埒だった。きっと海をわたる風は、このようであるのだろうと思うほどに。

海の冥王ゼインに対して、アンリはひと目見た瞬間から湧き上がるような憧憬を覚えた。将来、このような大人の男になれたらどんなにいいだろうと思えた。

ゼインは臆面もなくアンリに近づいてきて、オルトに剣を向けられてもまったく怯むことはなかった。そして「俺になんの用だ？」とアンリに訊いてきた。

協力を求めるのに重大な隠しごとをしているのは誠意に欠けると感じ、またアンリ自身がじかにゼインという男に接してみたくなった。

だから、「私はノーヴ帝国第三皇子、アンリである」と、大人びたふうに名乗り、みずからベールを脱いだのだった。

ゼインは碧い眸を見開き、呟いた。

「――皇子が取り替え子だったとはな。道理で人前に出てこられねぇわけだ」

「そのような物言いが、許されると思うな！」

オルトが憤ってゼインの首に剣を突きつけたが、アンリはオルトの手をそっと摑んで下ろさせた。

「よいのだ、オルト。それが真実なのだから」

ゼインは改めてアンリをじろじろと眺めて、「いまにも死にそうなひ弱な皇子様かと思ったら、案外しっかりした身体してんじゃねぇか」と言ってきた。それが率直な感想であるのが伝わってきて、アンリは嬉しくなった。

アンリはルカとともに、世界の危機やハネス大司教とクシュナ王国のシベリウス王子の陰謀について、ゼインに話して聞かせた。

ゼインはしっかりと話を受け止めてくれた。

しかしその上で、力を貸すことに同意してくれなかった。

彼の身ひとつのことではなく、配下の海賊たちすべてを巻きこむことになるからだ。

「俺たち海賊には『生きてる今日』しかねぇ。世界の命運なんていう見えないデカいもんよりも、仲間の弔い合戦のほうがよっぽど戦う意味があるってもんだ」

その言葉にアンリは心を打たれ、そして共感を覚えた。

世界の命運のためと言われても実感が湧かない。

けれども近しい誰かのために――オルトのためにならば、必死に戦うことができる。

この時、ゼインはノーヴ帝国に仇(あだ)する大海賊として囚われており、アンリに力を貸すのならば、そのままひそかに逃がすことになっていた。逃げなければ、翌日には処刑が予定されていたため、ルカは酷くつらそうな様子でゼインとともに部屋を去っていった。

ルカのゼインへの気持ちを思うと、アンリはその晩、一睡もできなかった。

かくして翌日、ゼインは処刑場に引き立てられた。残虐で名高い、真紅の髪と眸をもつカッツェが執行人となった。しかし拷問にも近い処刑の最中に、城下町のあちこちで爆発騒ぎが起こり、それに乗じて、ルカとゼインは海上へと逃げ去った。

ルカがみずからの意思でゼインとともに逃げたことに、ハネス大司教は激怒した。

それからしばらくして、伝書鳥が運んできたゼインからの手紙をオルトは受け取り、それをアンリに見せてくれた。

それにはひと言、「また、契約の刻に」とだけ記されていた。

6

アンリが十八歳になる日が、いよいよ明日に迫った。

その生誕祭の準備にオルトはここのところ慌ただしい日々を送っていたが、常の年よりも強い緊張感を覚えているのは、「契約の刻」が訪れるためだった。

アンリは妖精王との契約により、人の世に取り替え子として生まれた。

そして十八歳になったときにその契約は遂行され、アンリには強大な聖なる力が宿り、世界を糺すのだという。

しかし具体的にどのようなことが起こるのかは、わかっていなかった。

妖精王がアンリを決して妖魔にしてはならないとルカに伝えていたことからしても、おそらく聖なる力を得るためには妖魔となってはいけないのだろう。

——その心配は、まずない。

すっかり暗くなっている窓の外を見て、オルトはそう胸に呟く。

あと二時間もたたないうちにアンリは十八歳になる。

それになによりも、アンリ自身がとても強い人となった。

赤ん坊のときから見守ってきて、一年一年の成長はすくすくと若木が育っていくようであったが、特にこの一年での心身の成長には目を瞠るものがあった。

どうやら一年前に海の冥王ゼインとまみえたことが、大きな刺激になったらしい。なにかというと「ゼインのようになりたい」と口にして、そうなるように努めていた。以前から隠し通路やその先の階段を足音もなく走って肉体を鍛えていたが、その時間をさらに増やして剣技の鍛錬にも励み、また以前よりも読む書物の量が格段に増えた。

生き物として伸びゆくためのエネルギーをふんだんに作り出し、それを燃やし尽くそうとする十七歳の少年の姿に、オルトは眩しいものを感じていた。

いや、もう少年という呼び方は不適当なのかもしれない。

十八歳を目前にしたアンリは、すでにオルトが見上げるほど背が高くなり、それにともなって肩幅や身体の厚みも増した。

ゼインほどではないものの、すでにグレイに近い優れた体軀になっている。

それをオルトは嬉しくも誇らしくも感じるのだけれども。

――自分にできることは、もうほとんどない……。

アンリが残り二時間をつつがなく過ごせるようにすることぐらいのものだ。

そうしたらアンリは強大な力をまとい、一介の修道騎士の助けなど必要としない存在へと転じる。

そのことを考えると心臓を抉られているかのような痛みに襲われた。そんな自分をオルトは叱責する。

――みっともない。契約の刻へと、しっかり殿下を送り届けるまでだ。

その刻が来れば、すでに地下水路で待機しているだろうゼインとルカが合流する。あのふたりに託せば、もう誰もアンリを害することはできないだろう。

生誕日が訪れる前にもう一度、アンリの顔を見ておきたくて、オルトは王族の居住区への大扉を抜け、階段を上っていった。

だが、アンリの部屋の前まで来たところで、階下からなにか凄まじい喧噪が湧き起こった。

かすかに「急襲だ！」という声が聞こえてくる。

オルトは三つの部屋を突っ切って、アンリの部屋に飛びこんだ。

アンリも異変を察し、険しい表情で駆け寄ってきた。

「なにが起こっている？」

「急襲のようです」

「急襲――いったいどこが？」

「わかりませんが、殿下は念のため隠し通路にはいってください。地下水路へと抜けるのです。ルカ殿とゼイン殿がいますから、そこで契約の刻をお迎えください」

踵を返そうとするオルトの腕をアンリが摑む。その手の大きさと強さに、こんな時であるのにオルトはどきりとさせられる。

そして、改めてアンリへと視線を上げた。

しなやかな逞しさのある美しい若者が目の前にいる。

優しげな琥珀色の眸、力強く通った鼻梁、引き締まった品位ある口許。ゆるやかにうねる黒髪。魔術的な翳りと健やかな華やかさとが、相殺されることなくアンリを彩っている。

――自分がこの手で育てた……。

眺めても眺めても足りないほどに、どうしようもなく惹きつけられる。

――ああ……自分は。

自分はこの若者をさまざまな意味で、あまりにも深く愛してしまっている。

従者として庇護者として、兄のように友のように——爛れた想いを異性にいだく者のように。

正直に打ち明ければ、年を追うごとにおのれの欲を封じるのがつらくなっていた。アンリが著しい成熟をみせたこの一年は、ことさらにつらかった。自分のなかにこんなにも激しく淫らな情欲があったのかと惑乱するほどに。

オルトは若草色の眸をかすかに潤ませると睫毛を伏せた。

「殿下、これまでお仕えできて光栄でした」

詰まる喉から言葉を押し出して、オルトはアンリの手を払い、部屋を飛び出した。扉に封印の聖術をほどこし、剣を抜きながら階下へと走り戻っていく。

怒鳴り声、呻き声、幾重にもあがる剣戟の音。銃声もときおり聞こえる。

途中の廊下に倒れている衛兵が数人いた。深手を負いつつ、ここまで逃げてきたらしい。そのうちのひとりがオルトを見て、掠れ声で報告してきた。

「クシュ、ナの兵が——突然、雪崩れこんで、きて」

オルトは鋭く息を呑み、唇を噛む。

——よりによって、こんな時にクシュナが仕掛けてくるとは……いや、偶然などであるはずがない。

おそらくアンリが十八歳になるときになにかが起こると察して、妨害しに来たに相違なかった。

それに思えば、鐘塔には常に見張りの兵がいるのに、敵襲を知らせる鐘は鳴らされなかった。

——何者かが、人目につかないように敵を城内に招き入れたということだ。

「……ハネス大司教」

大司教はクシュナのシベリウスと通じており、王族が抜け道として使う通路も知っている。それを使えば急襲も容易いことだ。

進むごとに血の匂いが強まっていく。

大階段のうえから下を一望したオルトは言葉を失った。

四隅に据えられている篝火の炎が大きく揺らぎ、一階大広間はまるで夕焼けに染まる水中のようであった。そのなかで、褐色の肌に黒鎧をまとったクシュナの兵と、白い肌に白鎧をまとったノーヴ帝国の兵とが溺れるように入り乱れている。

石造りの空間に、怒声と悲鳴と剣戟の音とが混ざりあいながらウォンウォンと反響する。

そして床には、何十人という双方の兵が沈むように横たわっていた。そのなかには修道騎士の姿もあった。

大階段を死守している一群のなかにはグレイがいた。

オルトは剣の柄を音がするほど握り締める。

――この場で散ることになってもかまわぬ。

アンリのことはルカとゼインに託せる。

自分はアンリへの想いを忠誠心に留めたまま……少なくとも、アンリにはそうであったと思われたまま逝けるのだ。

オルトは大広間の中央を見据えた。そこには兜も被らずに剣を振りまわしている褐色の肌の男がいる。ひと際背が高く、肩にかかる銀の髪を躍らせている。

このような乱闘のなかでも視線を感じる余裕があるのか、その男――クシュナ王国第二王子シベリウスが、銀の眸をオルトへと向けた。

――シベリウスを押さえられれば、契約の刻までの時間稼ぎはできる。

力ではとうてい勝てないが、剣に聖術をかけて命を賭(と)せば、シベリウスの肉体を一定時間麻痺(まひ)させることはできる。

オルトは踊り場へと駆け下りた。横を駆け抜けながらグレイに「あとは頼む」と告げ、オルトは飛んでくる刃を立てつづけに剣で弾いた。腕や腿に斬られる衝撃を覚えつつ突き進む。

シベリウスは三人のノーヴ帝国の兵に囲まれていたが、オルトが接近するやいなや、剣を薙(な)いだ。兵のひとりの喉が切り裂かれる。そして、そのまま軌道を伸ばしてオルトの喉を狙ってきた。

それを剣でなんとか受け止めたものの、あまりに重い刃に、オルトの身体は後ろに弾き飛ばされる。

シベリウスがもうひとりの兵の腕を断った刃を返して、オルトを叩き斬ろうとする。

「っ」

シベリウスに術をかけた刃を刺しこむために、オルトは命を捨てて飛びこんでいく。

ぐんぐんと迫ってくる刃が、やたらゆっくりと見えた。

――斬られる……っ。

身体が横に吹き飛ぶ。

剣と剣がぶつかるひと際大きな音があたりに響いた。

オルトは転びかけながら視線を跳ね上げた。そして黒いベールが翻るのを目にする。

「殿、下……？」

アンリ皇子がみずから剣を手にして現れたことに、ノーヴ帝国の兵たちは歓声をあげた。

「殿下をお守りしろ！」

「殿下を安全なところへ、早く！」

愕然としているオルトの腕を摑んで、アンリが走りだす。クシュナ兵がアンリへと群がり、それをノーヴの兵たちが防ごうとする。

大階段をなんとか駆け上り、オルトは狼のように追ってくる敵に応戦しながらアンリに問う。

「どうやって、部屋から」

アンリもまた剣を振るいつつ答える。

「ルカから扉の封印の開け方は教わっていた」

アンリは取り替え子であるから生まれながらにして術力がそなわっているが、オルトはあくまで人界の皇子として育て、あえてその力を引き出すことをしていなかった。

しかしルカはアンリとふたりきりで会っていたときに、それを教えていたのだ。

すでに大階段は踊り場まで敵に侵食されている。そこをなんとか抜けて、オルトは「殿下、謁見の間へ！」とアンリに指示する。なんとしてでもアンリだけは守らなければならない。切羽詰まって身体中がドクドクと脈打っている。

二階の廊下を走り、謁見の間の扉にアンリが飛びこむ。オルトもそこに滑りこみ、すぐに扉に封印の聖術をかけた。

失血のせいか眩暈がする。よろめくと、強い腕に抱き留められた。アンリが被っていた切り裂かれたベールが床へと落ちる。

「力が欲しい…」

腕に力を籠めながらアンリが苦しそうに吐露する。

「すべてを覆せるだけの力が欲しいっ」

オルトはアンリの背を撫でる。

「あと一時間です。あと一時間もちこたえれば、殿下には強大な力が宿ります。それまでかならずや、自分がお守りいたします」

懸命に気持ちを調えて、オルトが微笑してみせると、アンリが泣きそうな顔になる。その表情はオルトに幼いアンリをありありと思い出させた。

愛しさが胸に溢れて、その頬を掌で包む。

「殿下、なにも心配はいりませぬ」

「オルト――」

アンリがなにか言おうとしたとき、扉が凄まじい音をたてた。封印の薄い光の膜が波打つ。扉を攻撃されているのだ。

「殿下、こちらへ！」

アンリを謁見の間の奥へと連れて行き、玉座の横に置かれた厨子の扉を開けて促す。

「ここにおはいりください」

「そなたとともに戦う！」と訴えるアンリの額に指先を置くと、オルトは「非礼をお許しください」と告げた。麻痺の聖術を流しこみ、動けなくなったアンリを厨子のなかに入れて扉を閉める。

あるだけの力で封印の聖術を幾重にもかけると、厨子全体が厚い光の膜に包みこまれた。

蔓草模様の透かし彫りの向こうに朧ろに見えるアンリの影へと告げる。

「この厨子にすべての聖術の力をそそぎました。一時間だけ、どうかそこでこらえてください」

謁見の間の扉の封印が破られ、黒い鎧に身を包んだ兵たちが雪崩れこんできた。

オルトは剣を抜く。

「皇子はどこだ⁉」

「おい、あの厨子に術がかかってるぞ！」

厨子を背にしたオルトへと、敵兵が押し寄せてくる。

オルトは剣を振るって何人かを斬り伏せたものの、多勢に無勢、黒鎧の兵が何人か厨子に飛びかかる。しかし、厨子に触れようとした兵たちは聖術の発動により、次から次へと撥ね飛ばされていった。

アンリの声が、厨子のなかからくぐもって聞こえる。

「オルト――オルト！」

麻痺が解けたとしても、厨子は腕力では開けられず、また厳重にかけられた封印を解くことは、アンリに多少の術力があっても不可能なはずだ。

――このまま契約の刻まで持ちこたえるしかない。

オルトは斬りかかってきた敵兵の剣を剣で受ける。しかし負傷しているうえに術に力を使いきり、思うように動けない。鍔迫り合いに負けて床に倒れこむ。ふらつきながら立ち上がってふたたび剣を構えて応戦し……ふいに背後から強靫（きょうじん）な腕に抱きこまれた。手から剣が落ち、羽交い締めにされる。

「若草色の眸の修道騎士オルトとは、お前のことだな」

腹の底に響くような低い声が耳元で囁きかけてくる。オルトは横目で背後を睨む。銀の眸がすぐ間近で光っていた。

――シベリウス……。

圧倒的な力の差がある相手に捕らわれ、背筋が凍りつき、息が詰まる。

シベリウスはオルトを羽交い締めにしたまま、厨子へと近づいた。オルトに開けさせるつもりなのだろう。

「どのように脅されようと、決してこの厨子の術は解かぬ」

そう険しい声で告げると、しかしシベリウスが心地よげに言う。

「気概のある修道騎士だ。そのぐらいでないと、こっちも愉しめない」

厨子のなかのアンリに大丈夫だと伝えたくて、オルトは無理に微笑んでみせる。

「オルトを放せっ!!」

アンリの怒鳴り声が聞こえると、シベリウスが喉で嗤（わら）い、「この修道騎士を押さえつけておけ」と兵たちに命じた。

オルトは肩と腕を摑まれ、厨子の前で膝立ちさせられる。

琥珀色の眸が透かし彫りのあいだから垣間見えた。

シベリウスは拷問でもするつもりでいるのだろうが、オルトは決して折れるつもりはない。たとえ命を落とそうとも厨子を守り抜くのだ。

どのような苦痛が襲いかかってきても耐えようと身を固くしていると、シベリウスが毟るようにオルトのマントを外した。そして背後から手を伸ばしてきて、貫頭衣を鷲摑みにしたかと思うと、力任せに引き裂いた。縦に破れた布を左右に大きく押し開かれる。

「なかなか鍛えられていて、いい身体つきだ」

シベリウスの声には淫靡なものが混ざっていた。

籠手をつけた手に、剝き出しになっている胸を撫でられる。そのひんやりとした感触と、いやらしい指使いとに、ざぁっと肌が粟立つ。

左右の乳首を鋼の指にくじられる。思わず胸をへこませて逃げようとすると、粒を指のあいだできつく挟まれた。ピリピリとした痛みが胸の内側へと拡がっていく。

「…っぅ」

気持ちの悪い痛みにオルトは唇を嚙む。

「やめ――ろ」

アンリの掠れ声がかすかに聞こえてきて、この姿を見られているのだと改めて知らされる。

胸の筋肉のわずかな丸みを揉みしだいてから、シベリウスの手がみぞおちへと這い降りていく。拒絶に力が籠もる腹筋の割れ目を指で辿られ、腰骨から下腹部へと繫がる筋をなぞられた。

そのまま脚衣のなかへと手を突っこまれて、オルトはようやく、シベリウスのしようとしている「拷問」がどのようなものであるかを確信したのだった。

――そんな……。

陰茎を鋼の手指で捏ねられていく。亀頭を痛むほど潰されてから、するすると撫でられる。

じかに見えなくても、どのように嬲られているかはアンリにもわかるに違いない。

オルトはわななく唇を引き結んだまま、眸でアンリに訴える。

――殿下……、どうか目を瞑って、見ないで、ください。

陰茎を嬲られながら、ふたたび胸をまさぐられて、オルトはつらさに眉根を寄せる。悪寒が身体を侵蝕していく。

「清らかなものこそ穢しがいがある」

シベリウスの言葉に首を横に振り、オルトはなんとか逃げようと身をよじる。しかし性器を握り潰さんばかりの力で締めつけられて、動きを封じられた。

その時、目の前の厨子がガタンと動いた。

アンリが扉に体当たりをしているらしい。封印を破ることはできないだろうが、アンリの身体が壊れてしまわないとも限らない。

――自分が抵抗するほど、殿下も動揺してさらに暴れる。

こんなことはただの拷問と変わらないのだと、オルトはみずからに言い聞かせる。

抗うのをやめると、シベリウスに脚衣を腿のなかばまで下ろされた。萎えたままのペニスを剝き出しにされ、兵たちも見るなかでそれを扱かれた。亀頭を嬲られ、先端の溝をくすぐるように叩かれる。

嫌悪感と寒気が繰り返し訪れる。

いっこうに反応を示さない陰茎にシベリウスが舌打ちしたかと思うと、オルトの項を摑んで上体を床に伏せさせた。膝をついたまま腰だけを上げる姿勢で、尻部を鷲摑みにされて割り拡げられる。

「ノーヴ帝国の修道騎士の孔はずいぶんと慎ましいな」

シベリウスのその言葉に、兵たちがドッと嗤う。

後孔へと鋼の指が載せられ、襞をぐにぐにと歪める。

懸命に力を籠めている窄まりの中心をきつく圧される。指先がわずかに孔にはいりこんだ。ひんやりした滑らない鋼がなかでのたうちながら、さらに侵入してくる。

違和感と痛みとにオルトは歯を食いしばっていたが。

「ぁ…」

ふいに、起こるはずのないぞくりとする痺れが、指を挿されているところから性器へと走った。その痺れはシベリウスがある一点を押すと起こるようだった。

オルトはなにが起こっているのかわからないまま、こらえきれずに大きくもがいた。

とたんに、黒鎧の兵たちに床へと押さえつけられる。

「ひ——ぁ」

「ここがいいか。しゃぶりついてきて浅ましいぞ」

シベリウスの揶揄の言葉に、オルトは激しく首を横に振る。

——嫌だ……嫌だ……っ。

嫌でたまらないのに、そこを押されるたびに、性器の先端まで痺れが駆け抜ける。

いまやオルトの茎はなかば勃ち上がってしまっていた。

ずっとガタガタと音をたてていた厨子が、急に静かになった。

大理石の床に頬を押しつけたまま、オルトはアンリの視線を感じる。

——殿下……。

アンリの角度からでも、オルトが指で犯されているのは見て取れることだろう。

目と性器の先から透明な体液が滲み出るのをオルトは感じる。

「ほぐし足りないぐらいが使い心地がいい」

シベリウスが笑い含みの声で言ったかと思うと、指を引き抜いた。

腰を抱えこまれ、男が背後から覆い被さってくる。

「んン…これはきつい」

愉悦に身を震わせながら、シベリウスが無理やり腰を進めた。

まるで鋼に覆われているかのような男の陰茎を押しこまれて、オルトは全身をビクンビクンと跳ねさせる。

痛みのあまり悲鳴が漏れそうになる。けれどもそうしたら、アンリにさらなる心痛を与えてしまう。

噛み締める唇が切れたらしく、血の味が口内に拡がっていく。

——あと……どれぐらいだろう……。

契約の刻まで耐えきったら、舌を噛み切って自害しよう。

修道騎士としての誇りを守るために——いや、それ以上に、生涯を捧げると誓った愛する者の前で穢されてしまったことへのつらさのためだ。

嗚咽を漏らすまいとしていると、ふいに獣の咆哮が轟いた。

痛みと苦しさに朦朧としながらオルトは視線を巡らせ、厨子を包む聖術の光の膜が激しく波打っているのを目にする。

それでようやく、咆哮がアンリのものなのだと知る。

「殿下……殿下っ」

厨子へと這いずろうとするオルトの腰をがっしりと摑んで、シベリウスが力任せに性器を捻じこみ、アンリを煽った。

「お前の修道騎士が、異国の男に串刺しにされているぞ。情けなくはないのか」

咆哮が激しくなる。

身体を前後に揺らされながら、オルトは懸命にアンリに声をかける。

「殿下、お気を確かに！　もう少し、もう少しだけ、こらえてくださいっ」

あと少しで、聖なる力を宿すことができるのだ。

しかしそのオルトの言葉を掻き消すようにシベリウスが挑発する。

「のろのろしていると、種を射ちこむぞ？　おお…たまらん、ギリギリと締めつけてくる」

厨子を包む膜がついに弾け、引き千切れた。

聖術が飛び散るなか、厨子が内側から破裂するように裂けた。

オルトは目を見開いたまま呆然とする。

厨子のなかにいたのはアンリだったはずだ。

しかしいま目の前の壊れた厨子のなかから立ち上がろうとしているものは、オルトの知るアンリではなかった。

破れた衣服が絡みついたその体軀は、シベリウスを凌駕するほど大きい。虹彩を失った目からは真紅の光が溢れ、鼻の頭には怒れる獣のごとき皺が刻まれている。

そして両耳のうえのあたりから、なにかが突き出していた。

羊のそれのように湾曲した、黒い角だ。

誰かが叫んだ。

「よ、妖魔だ！」

妖魔がシベリウスへと腕を振り下ろす。人のものでない鉤爪に引き裂かれる前に、シベリウスが飛び退いた。

体内から一気に性器を引き抜かれて、オルトは床に倒れこむ。

シベリウスが哄笑し、兵たちに命じる。

「間に合った。撤収だ！」

妖魔が床を蹴った。オルトのうえを飛び越えて高く長く跳躍して、謁見の間から去ろうとするシベリウスへと襲いかかる。

「オオウウウ」

シベリウスを守るために立ちはだかった黒鎧の兵たちが、鉤爪に引っかけられて床に叩きつけられる。血の匂いがして、妖魔が涎を垂らしながら舌なめずりをした。

――人喰い怪獣……。あれは、殿下なのだ。

オルトは胸が張り裂けそうになりながらも立ち上がり、人間を襲おうとするアンリに背後から抱きついた。

「なりませぬ！　運命に負けてはいけませんっ」

「オオウゥゥ」

大きな身体に振るい落とされそうになりながらも、オルトは抱き締めつづける。

「殿下…お願いです、殿下」

すでにシベリウスと黒鎧の兵たちの姿は謁見の間になかった。

いまのアンリを鎮めるのにはひとつしか手段がない。

オルトは囁く。

「真名において命じます。タラスク――眠りなさい」

とたんにアンリは動きを止めた。がくんと前に傾ぐ身体を、オルトはなんとか支えながら座りこむ。

そしてアンリを改めて背中からきつく掻きいだく。

「守れな……かった」

それどころか、自分のせいでアンリは妖魔化してしまったのだ。悔恨の涙が溢れ出る。

謁見の間の開け放たれたままの扉から人影が飛びこんできた。

――せめて、殿下のお命だけは……。

オルトは落ちていた自分の剣を拾うと、人影へと走った。

もういまや、この世のすべてがアンリの敵なのだ。

――それならば、すべてを斬り捨てるまで。

混乱状態のまま剣を薙ぐと、その刃を短剣で弾かれた。力がはいりきらない手から剣が抜け落ちる。

オルトは強い手に肩を摑まれ、揺さぶられた。

「おい、正気に戻れ！」

碧い眸に睨みつけられる。

「……ゼイン、殿」

閉じた扉に封印をかけていたルカも静かな足取りで近づいてきた。

「刻が来ました――が」

その黒い眸が床に倒れているアンリへとそそがれる。

「妖精王との契約は遂行されなかったのですね」

オルトはアンリを背に守るかたちで跪く。

「悪いのは、自分です。自分が、殿下をこのようなお姿にしてしまったのです」

ルカがひたひたと歩み寄ってきながらまとっているマントを外し、オルトへとかけた。

「あなたもつらい目に遭われたのですね」

オルトはいまさらながらに自身の身体を見下ろす。貫頭衣も脚衣も破れ、内腿には血が伝っている。誰の目にも凌辱(りょうじょく)されたことは明らかだった。

しかしそれを恥じる余裕などない。

「どうか……どうか殿下を見逃して、ください」

以前、ルカは言っていた。

『皇子は非常に強い力をもつ妖魔になる可能性を秘めています。だから決して皇子を妖魔にしてはならないと、妖精王は言っていました』

要するに、いまのアンリは非常に強い力をもつ妖魔であり、妖精王から存在を否定されている存在なのだ。ルカとゼインがこの場でアンリを処分すると決めてもおかしくない。

オルトは懸命に言い募る。

「まだ――まだ、妖魔化を解けるかもしれません。人のかたちを留めていますから」

ゼインが眉間に皺を寄せてルカに尋ねる。

「皇子の状態はどうなんだ？　元に戻せるのか？」

「この状態を保つことは珍しいですが、半妖魔といえる段階でしょう。戻せるかどうかは、私の知識では答えられません」

「まあ可能性があるなら見殺しにはできねぇな。だが、こいつに暴れられたらどうする？」

その問いかけを受けて、ルカがオルトに尋ねる。

「皇子に真名をもちいて眠らせたのですか？」

オルトが強く頷くと、ルカが微笑した。

「オルト殿は皇子のことを真名で制することができます。妖魔となっても取り替え子は真名に縛られるはずですから、とりあえずの制御は可能でしょう」

「よし。それならひとまず、皇子を回収してカーリー号に戻ろうぜ」

ゼインは早急に判断を下すと、オルトの肩を励ますように叩いた。

*

いったいなにが起こっているというのか。

修道騎士グレイは階段の踊り場から大広間を見下ろしたまま、愕然としていた。

クシュナの兵が水が引くように消えたかと思うと、今度は妖魔が広間へと雪崩れこんできたのだ。

どうやら地下に続く階段のほうから現れたらしい。

総毛立ちながら、グレイは修道騎士と兵士たちに指令を出した。

「――総員、撤収！　戦うな！」

修道騎士たちは妖魔の討伐作戦に加わったことがある者ばかりだが、このような何十体もの妖魔をいっときに相手にしたことはない。

しかも妖魔には剣も銃弾も効きにくいのだ。

「副団長殿、どこに撤収すればっ」

問われて、グレイはふたたび大声を広間に響き渡らせた。

「城の奥の大扉まで下がれ！」

大扉の先の区画は王族の居住区となっているため、その扉は城内でもっとも頑強に造られている。あれならば妖魔たちを防ぐことができるだろう。

「近くにいる負傷者に肩を貸してやってくれ！」

グレイはしんがりになって大扉への通路を進みながら、麻痺の術をかけた剣で妖魔たちの足を遅らせた。妖魔の鉤爪に肩や腿を抉られていく。

必死に剣を振りまわしていると、オルトの父親、前騎士団長ライリのことが思い出された。

ライリは両親を早くに亡くしたグレイのことを気にかけ、父のように接してくれた。いや、グレイだけではなく、すべての修道騎士にとって厳しくて頼もしい父であったのだ。

——俺は、あのような人になりたい。

オルトによれば、ハネス大司教が妖魔を使ってライリの命を奪ったのだという。

「早く大扉にはいれ！」

血まみれになって妖魔の群れのなかからまろび出てきた修道騎士の腕を摑んで、大扉のなかへと投げこむ。

「副団長殿もなかへ！」

「いや、まだ逃げてくる者がいるかもしれん」

そう返して妖魔へと振るった剣が、鉤爪に引っかけられて手から弾き飛ばされた。

それと同時に仲間たちに後ろから引っ張られて、大扉のなかに引きずりこまれた。扉が閉ざされ、修道騎士たちが手を扉に当てて封印の聖術を口にする。

グレイがなんとか立ち上がったとき、城の奥からいくつもの悲鳴があがった。グレイは悲鳴がしたほうへと通路を走り、皇帝の居室へと飛びこんだ。

そして、美しい模様が織りこまれた絨毯のうえで無惨な姿で斃れている皇帝の姿を目にする。

そのすぐ横には妖魔の首が転がっており、ハネス大司教が妖魔のものらしい黒みがかった体液に濡れた剣を手に立っていた。

皇帝の側妻たち、そしてイズー皇子とロンド皇子とが腰を抜かして口から泡を吹いていた。

「陛下のお命を奪った憎き妖魔は、私が手ずから成敗した」

芝居がかった様子で宣言するハネスの口許には隠しきれない笑みが滲んでいる。

「ア…アンリ、皇子はいずこに」

グレイが低い声で問うと、ハネスは「あのような弱き者はいてもいなくても同じこと」と嘲笑うように答えた。

オルトがアンリ皇子を連れて大階段を駆け上がったのは見たが、この部屋には逃げこまなかったらしい。グレイは踵を返すと、駆けつけた修道騎士たちに皇帝の遺体や皇子たちへの対処を頼み、自身は階段を駆け上がった。アンリ皇子の居室の扉は開け放たれていた。オルトが皇子を連れてここに戻ったことを祈りつつ、グレイは「失礼いたします！」と声をかけ、三つの部屋を駆け抜けた。

……そして、部屋の中央に佇む若者を見る。

グレイが黒いベールを被っていないアンリ皇子を目にしたのは、これが初めてのことだったが、ひと目見て若者がアンリ皇子であるとわかった。

「修道騎士団副団長のグレイであります」

慌てて跪きながらそう名乗ると、アンリ皇子は静かな足取りで近づいてきて、あろうことかグレイの前に両膝をついて座った。そして優しい手つきでグレイの肩に触れた。

「酷い怪我ですね。手当てをしましょう」

7

強い横波を受けるたびに、天井に吊るされたカンテラが揺れる。

ここは海賊船カーリー号の後部にある物置用の地下室だ。出入り口は階段を上った先の天井にある扉だけだ。その扉は船長室に繋がっており、扉は外側からルカの術によって厳重に封じられている。

ほかの船員には妖魔となったアンリの乗船を内密にしつつ、その行動範囲を確実に制御できるようにと、この場所が選ばれたのだった。

寝台はなく、床の一角に厚手の布が何枚も重ね置かれている。そこに横たわっているアンリを、オルトはすぐ近くの壁に背をもたせかけて見守っていた。

ここについてからすぐに、凌辱された際にできた傷の手当てをルカがしてくれた。そのような場所を人に晒すことにオルトは強い抵抗心を覚えたのだが。

『私はその手の傷の手当てには子供のころから慣れています』

ルカに淡々とした口調でそう言われた。

それでオルトは、おそらくルカが子供のころからハネス大司教によって虐待されていたのだろうことを察した。

『自分は殿下を守れず……ルカ殿の長きにわたる犠牲まで、無駄にしてしまった。申し訳なかった』

治療をしてもらい、渡された貫頭衣と脚衣に着替えたオルトは、ルカに改めて頭を下げた。するとルカが言ってきた。

『前にも言いましたが、私は私のために選択して進んできました。そして、もっとも大切な願いは、すでに達せられているのです』

ちょうどその時、船長室に通じる扉からゼインが声をかけてきた。

『ルカ、話がある。一段落したら上がってこい』

とたんにルカの目許口許に、やわらかな笑みが拡がった。それはまるで蕾がほころぶようで、オルトが初めて見るルカの表情だった。

——……ルカ殿のもっとも大切な願いとは、ゼイン殿といることなのか。

そう自然と理解されたのだった。

もしかするとルカのゼインに対する気持ちとは、自分がアンリに向ける気持ちと、同じような色合いのものなのではないか。

オルトは改めて、手足を鉄枷(てつかせ)で拘束されたまま眠るアンリを見詰める。

鼻の頭に寄っていた皺は消えているものの、眉間には苦悶するような皺が深く刻まれている。そのせいで見慣れたアンリの顔よりは猛々しい印象だ。黒く湾曲した角は、絵画で見たことのある「見捨てられた島」に君臨するという魔王のものに酷似している。

口許に白く見えているものは牙なのだろう。手の爪は獣のそれのような鉤状(かぎじょう)で、その牙と爪で攻撃されれば、人間など簡単にズタズタになるに違いなかった。

妖魔に襲われて落命した父の姿が思い出されて、オルトは身震いする。

いまは半妖魔だが、完全に妖魔化した際には、おそらくアンリは、通常の妖魔とは桁違いの凄まじい力を身につけるに違いない。なんといっても、妖精王がその力を人界に放つために送りこんだ、特別な取り替え子なのだ。

——殿下を制御できるのは、真名を知る自分だけだ。

もしそれに失敗したときには、自分はアンリに殺されることになるのだろう。そして、その時には。

「自分が殿下を、連れて行かなければならない」

真名で命じられた者は、どのような命令にもしたがわなければならない。

死を命じられれば、死ななければならない。

アンリに死を命じることを想像するだけで、息ができなくなった。

「……く」

胸元を鷲掴みにして苦しみをこらえていると、低い唸り声がすぐ傍から上がった。

「ウウ…ウウォ」

横倒しになっている大きな体軀がもがいた。後ろ手で拘束されている腕を振りまわそうとする。カッと目が開かれる。その目は虹彩もなく、真紅の光を放っている。

「殿下！」

拘束されている手首足首が千切れんばかりに暴れるアンリの両肩を押さえつけると、アンリが首を捻じ曲げて手首に噛みついてきた。牙が皮膚を破って捻じこまれる。

「くっ」

強烈な痺れにも似た痛みが腕全体に拡がっていく。

真名で命じれば簡単に従わせることはできる。しかし、自分とアンリのふたりだけの関係までも真名で縛りつけたくはない。自分たちのあいだで築き上げてきた絆が残っていることを、どうしても確かめたかった。

「殿下、お気を確かに！」

しかしアンリは「グゥゥゥ」と唸り、さらに牙を深く刺しこんできた。そうして口の狭間からだらだらと涎を零す。妖魔として人の血肉を渇望しているのだ。

「思い出してください！　オルトです！　……殿下にすべてを捧げる者ですっ」

言葉だけではいまのアンリには通じないのが感じられて、オルトはアンリに片腕できつく抱きついた。アンリがオルトを振り払おうとして暴れる。手首の痛みに眩暈を覚えながらも、オルトはしがみつく。

「オルトです……あなたのしもべの、オルトです」

掠れ声で繰り返し訴えて抱き締めつづけていると、次第にアンリの動きが弱まっていった。そして、オルトの手首から牙を外して、呻（うめ）いた。

「――オ…ォ」

赤子のアンリに初めて会ったとき、呼びかけられたように感じたことをオルトはありありと思い出す。

「そう、です。オルトです」

アンリの顔を覗きこむ。目から放たれる真紅の光がわずかに弱まっていた。

少しするとまたアンリが唸りだして喰らいついてこようとしたが、抱き締めれば攻撃をやめてくれた。

しばらくしてから、ルカとゼインが食事を運んできてくれた。

オルトはアンリを抱き締めたままふたりに対応したのだが、アンリはゼインのことを以前はたいそう気に入っていたのに彼を見るとことさら激昂して、もがいた。

「俺のことはまったく思い出せねぇみたいだな」

ゼインが逞しい肩を竦めて、アンリに話しかける。

「お前がどう育つのか、俺はけっこう楽しみにしてたんだぜ？」

牙を剝いて唸るアンリの背を、オルトは撫でる。

「アンリ様、大丈夫です。彼は敵ではありません」

ルカに指摘された。

「呼びかけ方を変えたのですね」

「いろいろと試してみたところ、名前を呼ぶと反応があるので」

「それは興味深いですね」

オルトはわずかに眸を明るくする。

「真名での命令が通じるのは、人語を解する能力が残っているからであり、人に戻る可能性を秘めているのではないかと」

「……人語を理解できるうちは、ですね」

ルカの厳しい表情に、オルトはハッとして身震いした。

「人語を理解できなくなる可能性があると？」

「妖魔化して時間がたてば完全に人語も忘れ、真名でも制御できずに暴走する可能性があると私は考えています」

オルトは眉をきつく歪める。

「いつか、殿下も……」

「取り替え子の妖魔化については、不明な点が多くあります。人間に戻す手段をゼインと探っているところですが、いずれにしても真名で制御できる状態であることが前提でしょう」

ゼインがオルトの前に片膝をついて座った。とたんに、アンリが「ガーッ」と威嚇（いかく）する。

「はっきりと言っておく。俺はできる限り、アンリの力になるつもりでいる。だがな、俺の大切な奴らをアンリが傷つけるようなことがあれば、俺は迷わずに決着をつける」

大切な奴らとは、このカーリー号の四百人あまりの船員たちであり、ルカのことだろう。

オルトは深く項垂れる。

もし人語を解する能力を失えば、自分の言葉も届かなくなり、アンリに死を命じることもできなくなる。アンリは妖魔として力ずくで処分されるしかなくなる。

十八年を閉じこめられて過ごした末にそのような死を迎えるなど、あまりに惨すぎる。

——……なんとしてでも、自分が妖魔化を食い止めなければ。

甲板にパタパタと水滴が打ちつけられる音が、頭上から響いている。数時間前から雨が降っていた。天井の扉がノックされてから開かれる。ルカが盥と布を、ゼインが大きな水桶を左右の手に提げて下りてきた。

「雨が降ったので、清拭用に使ってください」

そう言うルカの髪はつややかに湿っていた。ゼインもまた濡れ髪だ。ふたりとも雨で身体を洗ったらしく、すっきりした顔をしている。

ルカがアンリを見てわずかに顔を曇らせた。なにも言わなかったが、この十日間でアンリの角と牙が、そして身体全体が以前よりも育っていることが気になったのだろう。それはおそらく、妖魔化が進行していることを示していた。

「陸の仲間に伝書鳥を飛ばして、情報を集めているところです。アンリを元に戻す手段があるとすれば、やはり妖精王の力を借りるほかないでしょう。それには、妖精の輪か妖精塚を通らなければなりません」

「王城下の妖精塚は通れぬのか？」

オルトが尋ねると、ルカが首を横に振る。

「もともと、あの妖精塚からは妖精界にはいることができません。巨大であるだけに侵略に利用される危険があるため、妖精界からの一方通行になっているのです」

「そうであったのか。……王城は、どうなっているのだろう」

「あの後、王城内にも城下町にも妖魔が徘徊しているそうです。ハネス大司教が妖精塚を封じて、聖なる加護が失われたせいでしょう」

ルカが眉をひそめて続ける。

「しかし、シベリウスがよりによって契約の刻の直前に襲撃してきたのが気になります」

「……シベリウスが、故意に殿下を妖魔に堕としたのは確かだ」

シベリウスは明らかにアンリを挑発するためにオルトを犯した。そして妖魔化したアンリを確認し、『間に合った』と言ったのだ。

「あれは邪悪なまでの切れ者です。すべて計算があってやっていることでしょう。皇子の状態を考えれば早く動きたいところですが、慎重にならざるを得ません」

ルカたちは手を尽くしてくれている。

自分もまたできる限りのことをして、アンリの妖魔化の進行を止めるしかない。

ふたりが部屋を去ってから、オルトはアンリの枷を外した。ここ数日、ふたりきりでいるときは枷を外す時間を作るようにしていた。襲いかかってこようとすることもあったが、「アンリ様」と呼びかけて抱き締めれば、大人しくなってくれる。

アンリの貫頭衣を脱がせてから、オルトは自身も衣類を脱いで全裸になった。数日前にアンリの髪を洗ったとき、アンリが頭をぶんぶんと振ってオルトまでずぶ濡れになったのだ。

そして今日もやはり髪を洗っている最中にアンリは頭を振った。

なにか幼いアンリに接しているような気持ちになって、オルトは思わず微笑む。

「アンリ様、大人しくしてください」

膝をかかえこんだ姿勢のまま、アンリが言うことを聞いてくれる。

落ち着いているときはオルトの言葉に耳を傾け、理解してくれるようになっていた。

髪を洗い終えてから、背中や腕を濡らした布で拭いていく。半妖魔化したことで一気に十センチほども身長が伸びて筋肉も膨らんだため、肌のあちこちには負荷による亀裂の痕が傷のように残ってしまっていた。

――どれほどの苦痛だっただろう……。

肉体も精神も、文字どおり引き裂かれる痛みに襲われながらアンリは半妖魔となったのだ。

胸がギシギシと痛んで、オルトは広くて逞しい背中にそっと顔を伏せた。そのまま、背後から抱き締める。しばらくそうしていると、アンリが口から音を漏らした。

「……」

「オ…ォ？」

「すみません。大丈夫です」

目許を拭って、オルトはふたたび清拭に戻る。

脇腹に布を滑らせると、アンリがくすぐったがるように身じろぎした。これ以上ないほど恵まれた男の体軀なのにそんな仕種は少年らしさが漂う。この十日で変容した姿に見慣れたのか、半妖魔化したアンリのなかに元のアンリを見るようになっていた。

丁寧に身体を拭っていき、アンリの横へと移動する。首筋を拭うと、紅い目が細められた。異質な者に対する恐怖と、アンリに対する情愛とが同じほどの強さでオルトの胸を満たす。

筋肉に鎧(よろ)われた胸元からみぞおちへと布越しに掌を這わせていく。

「脚を伸ばしてください」

膝をかかえたままの姿勢では腹部に手が届かないのでそう頼むと、アンリが長い脚を前に放るように伸ばした。脚のあいだへと移動して、正面から清拭を続けようとしたオルトは、思わず手を止めて息を呑んだ。

下腹部から反り返っているものが目に飛びこんできたのだ。

アンリの顔を見ると、その目は舐めるようにオルトの裸体のうえを這いまわっていた。人間のものとは違う、先の尖った長い舌で舌なめずりをする。

いまのアンリにとって自分は捕食対象なのだ。アンリの口から唾液が溢れて、顎から滴る。

頭の内側から痺れるような恐怖を覚えながらも、オルトは冷静を装って清拭を続けた。腹部から脚へと進み、足の裏を綺麗にすると、アンリがくすぐったそうにもがく。

布を取り替えてから、オルトはふたたび逞しい腿のあいだへと膝をついた。

焼けるような視線を肌に感じる。危機感とともに、どうしようもなく甘苦しい疼きが腰に溜まっていく。乱れそうになる息を嚙み殺しながら、オルトは両手でそっとアンリの屹立(きつりつ)を布越しに包んだ。

とたんに、アンリの身体がビクンと跳ねる。

「ウウ」

抗議するような掠れ声でアンリが呻き、ぶ厚い亀頭から透明な蜜を大量に零した。

布を挟んでいても硬さと熱、そして脈動が手指になまなましく伝わってくる。人の腕ほどの太さもあろうかという性器が、さらに膨らむ。

拭えば拭うほど先走りがドクドクと溢れ出て、オルトの手指にも伝いだす。

「どう、すれば…」

困惑して呟くと、ふいにアンリの上体が前に傾いだ。

「え——ぁ」

鎖骨から首筋、耳の裏側までを、長々とひと舐めされる。すぐにまたもうひと舐めされて、全身の肌が粟立つ。

「やめ…殿下——」

次のひと舐めでは、胸まで舌が達した。オルトはアンリの肩口を両手で押す。

「アンリ様、いけません」

はっきりと伝えるのに、しかしアンリが胸に顔を埋めて体重をかけてきた。後ろ手をつきながら、オルトは黒髪に指を絡ませて引き離そうとする。

「お願……ん…く」

先端の尖った長い舌で、絡みつくように乳首を舐めまわされていく。あまりにも卑猥な視覚と感触に、腕に力がはいらなくなって、重い体重に押し潰されるままに身体が倒れた。

オルトはとっさに身をよじり、俯せになってアンリの下から這い出ようとした。しかし腰の両脇に痛みが起こり、引き戻される。見れば、鉤状の爪が腰の肌にめりこんでいた。下手に暴れれば、そのまま爪で肉を裂かれることになるだろう。

ハッハッハッ…という獣そのままの強い呼吸が聞こえる。背中を味わうように舐めまわされ、大量の唾液が肌を伝い流れる。

「う…ぅ…」

痛みとこそばゆさが入り混じる。

——真名を使って……やめさせ、ないと。

そう考えるのに、ずっと想ってきた相手から欲望をぶつけられているという事実に、気持ちも肉体も押し流される。

アンリの欲望が性欲であれ食欲であれ、渇望してくれていることに違いはないように思われた。ひと舐めされるごとに強烈な痺れが、手足の先までピリピリと拡がっていく。

「ぁ…ふ」

床に潰されている性器がドクドクと疼いて、オルトはわずかに腰を上げた。

するとそのままアンリの手でさらに腰をもち上げられた。膝をついて臀部だけを上げる姿勢で尾骶骨を舐めまわされる。唾液が脚の狭間をぐしょ濡れにしていく。

急に、シベリウスに凌辱されたときの痛みと恐怖とがドッと甦ってきた。

「……いや——嫌だ…」

腰に食いこむ爪のことも忘れて逃げようともがくと、舌がずるりと尻の狭間へと滑りこんできた。

「ひ…」

引き攣れる窄まりのうえを舌が繰り返し通り過ぎ、拒む襞をくにくにとほぐしだす。孔がヒクヒクと震えはじめたころ、そこに尖った舌の先端を突き挿された。

「ぁぁ——」

すでに傷は癒えているものの、そこは無体な凌辱を忘れておらず、必死に蠕動して異物を排除しようとする。その狭まりうねる粘膜へと、舌が強くくねりながらさらに侵入する。体内を舐め擦られる感触に身体を硬直させて耐えていたオルトはしかし、ぶるっと腰を震わせた。

「は…ふ…」

熱っぽい吐息が口から漏れ、腹部が小刻みに波打つ。

体内の一点を舐められたとたん内壁がドクリとして、甘い衝撃が性器を貫いた。亀頭から溢れた透明な粘糸が縒れながら床へと垂れる。犯す舌を、粘膜がたどたどしく締めつける。

その反応が気に入ったらしく、アンリがその一点をコリコリと舌でくじりだす。

「そこ、……は、いけませ……ぁぁ、ん…ぁ…」

オルトは床を引っ掻き、喘ぐ。

――舌……あの、アンリ皇子の……。

シベリウスの指でも強制的な快楽を引きずり出されたけれども、いま感じているものは、それとはまったく違う種類の甘く爛れていく感覚だった。

さんざん快楽の凝りをいじってから、舌が硬くなったりやわらかくなったりしながら、後孔を突いては満たし、掻きまわしはじめる。自分の粘膜がアンリの舌に絡みつくのを感じて、オルトはおのれのふしだらさに嗚咽を漏らした。

いまや腰に刺さる爪の痛みすら、甘い刺激となっている。

舌の動きが次第にあられもないものになっていき、信じられないほど奥まで侵入したかと思うと、内壁を歪めるように舐めた。オルトの足腰がガクガクと震えだす。

「はっ、あぁ、あ…っっ」

種液が反り返った茎を突き抜けて、先端から弾け散る。

オルトが達するなか、アンリは舌を深々と挿したまま動きを止めて、獣のような身震いを繰り返した。

ゆっくりと舌を引き抜かれていく感触に、オルトは残滓を床へと垂らす。

腰に刺さっていた鉤爪が抜けて、オルトの腰はがくりと落ちる。息を乱したままアンリの下で身をよじって仰向けになり——アンリの性器が白濁を絡みつけているのを目にする。いまの行為でアンリも達したのだと知ったとたん、頭のなかが焼け爛れたようになった。

——自分は、なんと身勝手で浅ましい……。

このようなかたちでもアンリに求められて、強烈な快楽を得た。そしてアンリが自分で果てたことに、言いようのない喜悦を覚えているのだ。

深い罪悪感に苛まれながら、オルトは肌を紅潮させたまま、アンリを座りなおさせた。

そして果てたばかりのペニスを、布で綺麗に拭ったのだった。

*

船長室のどっしりとした机のうえには幾枚もの紙片が置かれている。すべての紙には小さく折り畳まれた跡がある。

ルカはゼインの腰掛けている椅子の肘掛けに腰を預けて、伝書鳥によって運ばれてきたそれらの紙に目を走らせ、溜め息をついた。

「陸はやっかいなことになっているようですね」

ゼインが葉巻を奥歯で噛みながらくぐもった声で言う。

「妖魔が王都にまで出現するようになったのは、王城下の妖精塚が封じられたせいだったな」

「そう考えるべきでしょう。妖精王の力が人界に及ばなくなっているのです」

「じゃあ、いっそ王都に乗りこんで妖精塚を解放するか？」

ルカは首を横に振る。

「ハネスは取り替え子を妖魔にして操っています。王城地下にはいま大量の妖魔が放たれていると考えるべきでしょう。ほかの妖精塚も同じような状況に違いありません」

「獰猛（どうもう）なカーリー号の海賊でも、さすがに歯が立たねぇか」

苦い顔で呟き、ゼインがルカの腰に手を回す。腰骨の尖りを服のうえからくじられて、ルカはわずかに目許を赤らめた。ゼインが葉巻を天板で捻じ消しながら、そんなルカの顔をからかう眼差しで下から覗きこむ。

ルカはわざと苦笑してみせてから、ゼインへと顔を伏せた。流れ落ちる黒髪に隠されながら、互いの唇を啄み、舌先を触れ合わせる。本格的に舌を挿れてこようとするゼインの額をルカは押さえて、顔を離した。

「まじめに今後のことを考えてください」

「未来も大事だが、お前がここにいるいまを一番大事にしたいだけだ」

堂々と赤面ものの台詞を吐くゼインに、ルカはちらりと恨む視線を投げる。

「困らせないでください。ただでさえゼインが隣にいると頭が働かなくなるのですから」

一拍置いてからゼインの焼けた肌に赤みが塗り重ねられた。

目を眇めてにやけながらルカを眺めていたゼインが、ふと思い出したように疑問を口にした。

「妖魔になった取り替え子も、言葉が通じなくなったら真名で縛れねぇかもしれないって話をしてただろ。だとしたら、ハネスはそうなった妖魔をどうしてるんだろうな？　野放しか？」

「取り替え子は強い妖魔になりますから野放しにすれば被害が大きくなりすぎます。……おそらくは、真名で縛った取り替え子の妖魔に処分させているのではないかと」

ゼインが口角を下げて、吐き捨てるように言う。

「共食いかよ。ヘドが出る話だな」

その素直で健やかな反応に、ルカは微笑む。

「本当に、ヘドが出ますね」

そして机上の一枚の紙片を指で摘まむ。『最北の森の妖精の輪、消失』とそれには記されている。

「もう少し情報が必要ですが、大陸から妖精界に抜けるのは不可能かもしれません」

「そうなると、アンリはこのまま妖魔になっていくしかねぇのか？」

アンリの妖魔化はじわじわとであるが進行している。オルトが真名で縛れなくなったら、もう処分するしか手はなくなる。

「……私に考えがあります。でもその前に、アンリ皇子にかけられる術を見つけましたので、それを使ってみます」

＊

「仮死の術、ですか？」

オルトが訊きなおすと、ルカが頷いた。

「仮死状態になれば、確実に妖魔化を止めることができます。真名をもちいて眠らせることはできても妖魔化は進行する懼れがあり、また真名では仮死状態は作れません」

確かにルカの言うとおりだ。

提案されたことを整理して、オルトは確認する。

「妖精王のところに行くにしても時間がかかるため、ルカ殿がアンリ様を術で仮死状態にして、妖魔化の進行を止めておくというわけか。……それは安全なのか？」

「安全であるように細心の注意を払います。ただ、術をかけるのならば一日でも早いほうがいいことは確かです」

勝算のないことをルカはもちかけたりしない。それにルカがアンリのことを深く気にかけてくれてきたことを、オルトは知っていた。

「ウウ」

自身に関わりのあることだと察したらしく、アンリが横で唸る。

オルトはその真紅の目を覗きこみ、ゆっくりと話しかけた。

「アンリ様、しばらくのあいだ深く眠るのです。そうしたら、元に戻ることができます」

ルカもまた近くに膝をつき、アンリに言って聞かせる。

「かならず、目を覚ませます。長くても数ヶ月ほどのことです」

するとアンリがきつく目を眇めた。その肩に手を添えて、オルトはルカを指し示しながら少しでも安心できるようにと言葉を足す。

「ルカ殿が深く長く眠らせてくれて、それから目覚めさせてくれます」

「オ…ォ？」

アンリがオルトを見詰めながら訊いてくる。

「自分、ですか？　自分は起きたまま、アンリ様の傍にいます」

とたんに、アンリの眉間と鼻に皺が寄った。

オルトはとっさにアンリを抱き締めようとしたが、そうしたときにはすでにアンリは床を蹴っていた。ルカの左肩へとアンリが牙を突き立てる。

「アンリ様、いけませんっ！」

なんとかアンリの牙を抜かせ、ルカから引き離す。

床に倒れこんだルカの、肩を押さえる白い手指が真っ赤に染まっていく。

「おい、なにがあった⁉」

騒ぎを聞きつけたゼインが階段を駆け下りてきて、瞬時に状況を把握する。

その碧い眸が憤怒に燃え上がる。

「よくもルカを傷つけたな」

「ゼイ、ン、大丈夫、です。急所は外れて……」

駆け寄ってルカの傷を確かめてから、ゼインは蒼褪めた無表情で立ち上がった。重い足取りでアンリへと向かいながらベルトから短剣を引き抜く。

オルトは正面からアンリを抱き締めて、自分の背中を盾にした。

「自分のせいです！　どうか、殿下のことはっ」

無言のままゼインが短剣を振り上げた。

その時、よろめきながら立ち上がったルカが後ろからゼインに身を寄せて、耳元でなにかを囁いた。

とたんにゼインの上げた腕ががくんと落ち、短剣が床へと叩きつけられるように落ちた。

床にくずおれそうになるルカの身体を、ゼインが舌打ちしながら抱き上げる。

そして横目でアンリとオルトを睨みつけた。

「いまはルカにしたがうしかねぇが、かならず決着はつけるからな」


「オ…ォ？」

心配するようにアンリが喉から音を出す。彼を抱き締めたまま、オルトは惑乱状態に陥っていた。

――ゼインは、本気で決着をつけるつもりでいる。

先刻のゼインの激昂を目のあたりにして、ルカがゼインを想っているように、ゼインもまたルカのことを想っていることが理解されていた。

ゼインは海賊船カーリー号の船長であり、その残虐さから「海の冥王」とまで呼ばれている男だ。

その彼を激怒させて、無事ですむわけがない。ゼインが出て行ってからすぐに扉を内側から幾重にも術で封じて侵入できないようにしたが、ルカがその気になれば封印を破ることは可能だろう。

――このままだとアンリ様は殺されてしまう。

想像するだけで、凄まじい焦燥感と絶望とが押し寄せてくる。自分自身の死を考えるよりもそれはつらくて許しがたいことだった。

アンリは皇子であり、自分は皇子を守ることを父から託された。

けれどもこの苦しみは、主従関係の忠誠心からくるものだけでは、決してない。むしろ、その部分はこうして城を離れ、アンリが半妖魔となったいま、薄くなってきている。

——自分は……ただの人間として、アンリ様のことを。

アンリに穢れた欲望をいだく自分を、これまでずっと抑えこんできた。

けれどもアンリの命はもう風前の灯だ。死力を尽くして守ると決意しているものの、ゼインとルカを敵に回しては、それも叶わぬことだろう。

最後までアンリの盾になって散ることぐらいしか、自分にはできない。

「う——」

激しい嗚咽がこみ上げてくる。

涙で歪む視界で、オルトは懸命にアンリを見詰めた。

二十七歳の男として、この十八歳の若者に、自分は思い焦がれている。それだけがいまここにある事実だった。

「アンリ様…」

苦しい吐息とともに呼びかけると、アンリが瞬きをした。もう一度呼びかけると、また瞬きをして——オルトの頬に唇を押しつけてきた。涙を啜られる。

「オ…ォ」

優しい音で呼び返されて、オルトはもう胸に溢れ返る想いをこらえきれなくなった。

アンリの唇に、唇を押しつける。

——ああ……ずっと、こうしてみたかった。

いまならば、自分の過去の欲望まですべて認めることができた。

想いをぶつけるように唇を擦りつけると、アンリもまた擦りつけ返してくれる。そしてそれだけでは足りないと言わんばかりに、尖った舌先でオルトの口の狭間をなぞりだす。

甘く痺れる唇をわずかに開く。とたんに舌がぬるんと侵入してきた。舌に舌が触れて、オルトはいっそう強くアンリに抱きつく。

「ん…んん」

これまで心も肉体も、アンリを守るために使ってきた。だから、このような行為をするのも、初めてのことだった。

長い舌に舌を搦め捕られるだけで、頭のなかが白みかけて朦朧となる。

——抱き締められたい。

爪で身を裂かれてもいいから、アンリに抱き返してもらいたくて、枷で背後に拘束されているアンリの手を、手探りで解放した。

すると待ち侘びていたように、逞しすぎる両腕がオルトに絡みついた。きつく締め上げられて骨が軋む。その痛みにすら悦びが湧き上がる。

舌を喉奥にまで挿入されて、オルトはえずきそうになりながら、下腹部につらさを覚える。

そしてそれはアンリも同じらしかった。オルトに覆い被さるように体重をかけてくる。その重みに負けてオルトが仰向けに倒れると、慌ただしく下肢を重ねてきた。

硬くなった二本の器官が布越しに擦れあう。もどかしくて、オルトは舌を深く咥えたまま、自分の貫頭衣の裾を大きく捲り、脚衣をずり下げた。続けて、アンリの貫頭衣の裾を上げる。

性器がじかにぶつかる感触に、アンリがビクッとして顔を上げた。そして視線を下肢へと向ける。

オルトもまたそこを直視して、眩暈を覚える。

反り返った自分のペニスに、ふた回りは大きいアンリのものが重たげに圧しかかっている。

アンリが腰を前後に揺すると裏筋が長々と擦れ、ふたりとも先端から透明な蜜をトクトクと漏らした。オルトのわななく腹部が、混ざった蜜で濡れ光る。亀頭同士がくっつくと、アンリはその位置で捏ねるように腰を動かした。

強烈すぎる感覚に、オルトは視線を彷徨わせ、アンリの顔を見る。

そして大きく瞬きをした。

アンリの真紅の目のなかに、琥珀色の虹彩が浮かび上がっていたのだ。その見慣れたアンリの眸がオルトを見返す。

「オ…ト」

わずかに人の発声に近づいた音で名を呼ばれる。

アンリが腰を忙しなく遣いながら、オルトの唇に吸いついてくる。全身が脈打つのを感じながら、オルトは白濁を茎から押し流した。するとアンリも腰をビクつかせた。自分のペニスに、ドクドクとアンリの種液が撒かれるのをオルトは感じる。

アンリはオルトの唇をしゃぶったまま身体をくったりさせていたが、しばらくするとふたたび腰を蠢かしはじめた。果てたばかりの性器を刺激されて、オルトは身体を震わせながらアンリの腰を押さえて、囁いた。

「少しだけ、お待ちください」

虹彩が戻ったのは、やはり人間に少し戻った証であるらしく、アンリはオルトの言葉を解して頷いた。

オルトは脚衣を脱ぐと、自身の性器や腹部に散ったふたりの種液を指で搦め捕り、みずからの脚のあいだに手を差しこんだ。後孔を探って塗りつけ、ほぐしていく。指先に力を籠める。

「ぁ…っ」

中指の先を食べただけで、孔がヒクヒクする。恥ずかしさをこらえながら指先を蠢かしていると、ふいにアンリの手がオルトの膝裏へと差しこまれた。身体を丸めるかたちで脚を開かされる。

指を含んでいる孔を天井に向ける姿勢を取らされて、オルトはいよいよいたたまれない心持ちになる。それでも、もう片方の手も使って、なんとか孔を拡張しようと試みた。

それを注視していたアンリが口から涎を零しながら舌なめずりをしたかと思うと、二本の中指がはいっているところに、尖った舌を無理やり挿した。

「アンリ様……そんな——ん、ぁ…ぁ」

内壁を舐められて、妖しい疼きが腰から頭の奥にまで響く。前に舌で犯したときに学習したのだろう。陰茎に直結する快楽の凝り(ここ)を舐め叩かれて、オルトは身をくねらせた。

舌伝いに大量の唾液をそそぎこまれているせいもあって、オルトの孔はついに左右二本ずつ四本の指とアンリの舌とを同時に受け入れた。

「は…ぁ、ああっ」

宙に上げられたままの腰がわななき、オルトは性器から白濁を垂らす。

「オォ」

舌をオルトのなかに挿れたまま、アンリが短く吠える。

指と舌をゆっくりと押し出して確かめてみると、アンリもまた性器の先から新たに白い粘糸を滴らせていた。

「アンリ様……」

オルトは身体を起こし、今度はアンリの身体を仰向けに押し倒した。

そして緩みかけているアンリのペニスを握って、伸ばすように扱く。すると驚くほどの勢いで手のなかのものが硬く膨らんでいき、ピキピキと怒張の筋を巻きつけた。

半妖魔になったせいもあるのかもしれないが、アンリが精力に溢れる十八歳の若者だということをオルトは思い知る。

――まるで鋼の武具のようだ。

いくらかの恐怖が湧き上がってきたが、躊躇う時間は自分たちには残されていない。

オルトはアンリの足枷も外してから、彼の腰のうえに跨った。

若草色の眸を細めてアンリを見下ろす。

「初めての契りを奪うことをお許しください」

アンリの突き勃つものを握り、凄まじい厚みのある先端を自分の脚のあいだに宛がう。そうしてゆっくりと腰を下ろしていく。

「っ…う…」

襞がじわじわと拓き、先端の丸みが粘膜にめりこむ。もうこれ以上は拓かないと思うのに、いまだ亀頭すら呑みこめていない。

「オ…ト」

アンリが心配するように呼びかけてくれるが、その琥珀色の眸と腫れた唇は欲望に濡れそぼっている。いや、眸と唇だけではない。繋がろうとしている部分がびしょびしょに濡れていることにオルトは気づく。

――こんなにも欲してもらえている。

たとえこの身がズタズタに壊れても本懐を遂げようという決意が湧き立ち、オルトは深く息をついて全身の力を抜いた。自重でズズズ…と身体が沈みはじめる。アンリの腹部に手をつき、両腿を淫らに開ききる。

「あぁ――大き、ぃ」

アンリがフーッ…フーッ…と荒く息をつき、初めての感覚に身震いを繰り返す。そのこめかみや首筋は真っ赤に染まっている。捲れた貫頭衣から覗くみぞおちが、泣くようにわななく。

自分に嵌まっている性器に、オルトは手を這わせる。そしてまだ半分ほどしか繋がれていないことに愕然とした。これ以上はとても無理だと思う。

身を強張らせて停滞してしまっていると、ふいにアンリが腰を突き上げる動きをした。そのまま立てつづけに腰を振りだす。

「ひ、あ…っ、ぅ」

暴れ馬に乗っているときのように、オルトは身を伏せてアンリにしがみついた。するとアンリの両腕がオルトの背に回された。皮膚を引き裂かれる痛みを予期してオルトは身を竦めたが、しかしそれは訪れなかった。

どうやらオルトを爪で傷つけないように、オルトの背後で手を繋いでいるらしい。

「アン…リ…様」

紅い目のなかに浮かぶ琥珀色の眸が、オルトを一心に見詰めている。

優しくて気高いアンリの眼差しだ。

傷つけまいとするのに強烈な性衝動を抑えきれずに必死に腰を遣うその姿に、オルトはひどく煽られる。……気が付いたとき、アンリの動きに重ねて、みずから腰を振りたてていた。

——自分はなんと身勝手なのか。

もしもアンリが半妖魔にならなければ、このような行為に及ぶことはなかったのだろう。アンリは不幸であるのに、自分はアンリとこれ以上ないほど深く繋がっていることに、たまらない劣情と至福を覚えているのだ。

「申し訳……ありませぬ」

涙ながらに謝りながら、オルトはアンリの唇に口づける。

するとアンリも懸命に唇を吸い返してくれる。牙が唇に当たる痛みすら、胸が軋むほどに甘やかで。

オルトは三度目の射精に押し流されながら、体内にアンリの種液を激しくぶつけられていくのを感じていた——。

*

「計画どおりノーヴ帝国は魔窟と化しつつあるな」

クシュナ王宮のバルコニーに置かれた長椅子に身を横たえたまま、シベリウスは欄干(らんかん)に腰掛けている男へと視線を向ける。

「愚かなハネスは、いまごろクシュナに滅ぼされるまでの三日天下を味わっていることでしょう」

禍々(まがまが)しい真紅の髪と眸をもつ男がほくそ笑み、夜風に吹かれるままに身を揺らす。

この男はつい先日まで、ノーヴ帝国で処刑人を務めていた。そしてそれより以前にはクシュナに長く滞在していた。

シベリウスがこの男――カッツェと知り合ったのは、二十五年ほども前のことであったが、驚くことにその外見にはほとんど変化がなく、二十代後半で時を止めたとしか思われない。

強いて言えば、北に位置するノーヴ帝国で過ごした歳月のぶんだけ、クシュナにいたころよりは肌の色が白くなったぐらいのものか。

なんでも遥か南の国の生まれだそうで、南の極に近いそこは夏と冬の時期がこの大陸と逆転しているものの、気候はノーヴ帝国に似ているのだという。そのせいだろう。肌の色合いはもともとノーヴの民に近かった。顔立ちは平均的なノーヴの民よりすっきりとしており、目許は二重の折りが浅くて鋭い。

カッツェは「南国の魔術師」として、また七歳の少年だったシベリウスにおのれを売りこみ、自分と組めば世界を手に入れられるともちかけてきた。

それは幼くして熾烈(しれつ)な生存本能を燃やしていたシベリウスにとって、生涯の夢とするにふさわしい野望であり、また水晶やカードをもちいて次々と未来を言い当てるカッツェの魔術師としての力に強く魅了されもした。カッツェはその不思議な力で、目障りな妾腹(しょうふく)の王子として命を狙われることが多かったシベリウスを幾度も助けた。

シベリウスはカッツェの要望に応え、ノーヴの民の手によって国境の山のなかに捨てられた取り替え子たちを彼に与えた。

カッツェは実験を繰り返し、ついに取り替え子を妖魔にして使役する方法を編み出したのだった。

そして十五年前、シベリウスはカッツェを、ノーヴ帝国のハネス大司教に紹介し、ハネスがノーヴ帝国の皇帝となる手助けをしたいと申し出たのだった。

愚かなハネス大司教はそれに飛びつき、またカッツェが趣味と実益を兼ねた処刑人という職を求めると、快くそれを与えたのだった。

そうしてカッツェは深くノーヴ帝国の内情を調べつくし、どうやらハネス大司教すら知らなかったらしい第三皇子アンリの秘密——取り替え子であることを摑んだのだった。

『水晶でもカードでも、アンリ皇子は妖精王の加護を得た身であり、世界を統(す)べる者となる予兆が出ています。ことが動くのは八月一日、皇子の十八歳の生誕日でしょう』

カッツェの言葉はシベリウスの気を最高に逆撫でした。

世界を統べる者は自分でなければならないのだ。

だからその前に、取り替え子であるアンリを殺害するか、妖魔へと堕とさなければならなかった。

アンリ暗殺計画は、前修道騎士団長ライリとその息子オルト、そしておそらく妖精王によって阻まれつづけた。

もうひとつの手である、取り替え子を妖魔に堕とす方法は、二種類あった。

妖魔にその身を噛ませるか、あるいは、魂が壊れるほどの苦痛を与えるか、だ。

アンリ皇子が十四歳のときに、カッツェは王城に妖魔を放った。しかし取り替え子である妖魔は地下の妖精塚へと引き寄せられ、そこでオルトの父である修道騎士団長と相討ちをするかたちになった。

そこで皇子が十八歳になる前に、もうひとつの手段を実行に移すことにした。

孤独なアンリ皇子にとって、修道騎士オルトは唯一の絶対的な味方であった。だから皇子の目の前で、オルトをいたぶることにしたのだ。簡単に殺すよりも、そのほうがアンリ皇子は深く苦しみ、確実に妖魔化するだろうと踏んだ。

そして、そのとおりになった。

「世界を統べるのは、俺だ」

そう呟くと、カッツェが欄干から軽やかに飛び下り、長椅子の肘掛けに腰を預けた。

「僭越(せんえつ)ながら、わたくしが力添えをいたしましょう。世界の王となられる方」

シベリウスの銀の髪に指を絡めながら続ける。

「水晶によれば、妖魔アンリと修道騎士オルトは、海の冥王ゼインと災いの預言者ルカとともに海上にいるようです」

「ルカ・ホルムか」

黒絹の髪をもつ少年をハネス大司教は稚児としていつも連れ歩いていた。シベリウスが大司教とひそかに接触していたときも、ルカは同行していたのだった。

「あれはとんだ食わせ者だ。ハネスに偽りの真名を伝え、従うふりをしていたとはな」

カッツェが不快そうに言う。

「災いの預言者はわたくしと相性が悪く、インクを流しこむように水晶を濁らせる。この機にアンリ皇子とともに片付けてしまおうかと」

「できるのか？」

カッツェがにたりと笑む。

「すでに海の怪物を呪術で縛り、海賊船を追わせています」

8

ルカは床に座りこみ、地下室へとはいる床の扉に内側から幾重にもかけられた封印の術を解いていた。最後のひとつを解きかけたところで、船長室の扉が乱暴に開けられた。

「ルカ、伝書鳥が——って、なにをしてる？」

憤りに碧い眸を光らせながら、ゼインが床に置かれている布袋をもち上げて中身を確認する。

「この食い物をあいつに渡す気だな」

ルカはゼインを見上げ、諭す。

「ふたりはもう丸二日、食事をしていないのですよ」

地下室には水の貯えはいくらかあるものの食料はないのだ。しかしゼインはわずかの同情も示さず、腕組みをして吐き捨てるように言った。

「俺の大切な奴を傷つけたらどうなるかは宣告した。それをあいつらは破った」

「私はこうして生きています。ゼインだってアンリ皇子のことを気に入っていたはずでしょう。冷静になってください」

するとゼインがルカのシャツのボタンを弾き飛ばして、乱暴に前を開いた。

アンリに噛まれた左肩から胸にかけて、肌が紫色に変色している。

「お前がこんな傷を負わされて、俺が冷静でいられると思うのかっ？　噛まれる場所が少しズレてたら死んでたんだぞ？」

ルカの死を想像したのか、ゼインは激しく身震いする。そして口惜しそうに顔を歪めた。

「お前はガキのころから傷つけられてきたのに、俺はお前をずっと守れなかった。こうして一緒になれたのにまだ守れないなんて、冗談じゃねぇ。アンリが世界にとっての鍵だろうと、お前を傷つける奴は俺の敵だ」

真名を教えあった運命の男を、ルカは濡れた目で見詰める。

「ゼイン…」

その精悍な顔の左頬に刻まれている傷痕を指でなぞる。

「この傷が――その身体中の傷が刻まれたのは、私の謀略にあなたが落ちたからです。ともにいられなかったあいだも、互いに傷を負いながら進んで、いまこうして一緒にいるのです。あなただけが罪悪感に雁字搦めになる必要などありません」

ゼインがぐっと喉を鳴らしてルカを抱き締める。しばらくそうしてから、不服を顔にこびりつかせたまま言ってくれた。

「俺がその袋をなかに放りこむ。決着をつけるにしても、オルトがアンリに食い散らかされたのを片付けたくはねぇからな」

ルカは微笑して「お願いします」と言うと、扉の最後の封印を解いた。

ゼインが扉を開け、袋を階段下へと投げながら怒鳴る。

「ルカの温情だ。許されたと思うな！」

急かされて扉を術で封じたルカは、不機嫌顔のまま長椅子に座ったゼインの横に腰を下ろし、尋ねた。

「それで、伝書鳥がどうしたのですか？」

「え、ああ、そうだった」

ゼインが小さな紙片をルカに渡す。

「いまさっき届いた」

ルカはそれへと目を走らせる。

「やはり陸のほうの妖精の輪は全滅ですか。完全にノーヴ帝国と妖精界との繋がりは途切れているようですね。……このままではノーヴ帝国は妖魔の巣窟になってしまいます」

ゼインが太い溜め息をつく。

「罪のないガキまで妖魔の餌食（えじき）になるのは見過ごせねぇ。妖精王のところに行って、繋げなおさせるか。お前がこのあいだ言ってたところに向かえばいいんだな？」

ノーヴ帝国領内にある妖精塚も妖精の輪も通れないとなれば、ほかのルートから妖精界にはいるしかない。

以前からルカはゼインが書き溜めた航海日誌に目を通していた。逢えなかったあいだのゼインの日々を辿ることができるのが嬉しかったし、また世界の秘密に繋がる情報がそこには山のように隠されていた。

その航海日誌のなかに、北西の孤島にある奇妙な石柱群のことが記されていた。ゼインは神殿跡と考えたようだが、その特徴からルカはそれが妖精塚であることに気づいたのだった。

北西の孤島はノーヴ帝国から船で三週間ほどかかる位置にある。そこまではシベリウスの魔の手も伸びておらず、妖精塚は機能しているものと考えられた。

ゼインが地図を手にして長椅子に戻ってくる。

「これが北西の孤島だ」

その島は地図師たちにもまだ存在を知られていないのだろう。ゼインによって描き足されていた。

ゼインの指先が、船の現在地から北西の孤島までを指先でなぞり——途中、躊躇うように指先がブレた。それを目にしたルカは、ゼインの手を握って、ひとつの島のうえへと置いた。

「寄っていいですよ」

「いいのか？」

「この先、世界はどうなっていくかわかりません。会っておいたほうがいいでしょう」

淡々と言いながらも、ルカは胸にかすかなざわめきを覚える。

スキュラ島は、春をひさぐ女たちと獰猛な番犬たちだけがいる、海の男にとっての楽園だ。そこの女主人は代々、スキュラという妖魔の名を引き継ぐ。そして現スキュラは、ゼインの昔馴染なのだ。

少し俯いて嫌な気持ちを抑えようとしていると、ゼインが下から覗きこむようにしてきた。

「心配するな。俺は島に泊まったりしない。話がすんだらすぐに戻る」

「……当たり前です」

その当たり前のことをゼインがきちんと口にしてくれたことが、ゼインの言葉を信じられることが、嬉しかった。

＊

頭上から歓声と甲板を踏み鳴らす音が響く。ほどなくして船は島についたらしく、船員たちが桟橋へと渡る足音が響いてくる。出迎えの女たちのものらしい嬌声が聞こえてきた。

オルトはアンリの下から這い出ると、畳まれた紙を開いた。食料袋のなかにルカが入れておいてくれたものだ。アンリがルカを傷つけてから一週間、何度か食料袋が放りこまれ、またゼインの目を盗んでルカが水や着替えを運んできてくれていた。

ルカはアンリの命が助かるようにゼインに取り成してくれているが、難航しているらしい。それだけゼインにとってルカは特別な存在なのだ。

カンテラの光に紙を照らす。

それはルカが手ずから書き写したらしい簡易な地図で、今後の目的地や針路が記されていた。

北西の島にある妖精塚から妖精界にはいる予定になっていて、現在地はおそらくスキュラ島だ。売春島として海賊たちに重宝されているという話は、オルトも耳にしたことがあった。

「ル…ト――オル、ト」

発音しにくそうではあるものの、アンリが名を呼んでくれる。

オルトは紙を折り畳むと、布を重ねて作られた寝床へと戻る。とたんに仰向けになっているアンリに下から抱きつかれた。オルトはアンリの両脇に手をつき、見下ろす。

以前よりも、白目部分の紅みが薄まっている。角と牙も成長を止めていた。

記憶のほうは戻っていないけれども、オルトが「特別な存在」であると、はっきり認識してくれていて、以前よりも言葉が通じているのが感じ取れる。

性交がアンリによい影響をもたらしているのは明らかだった。

だからオルトは身を削って、アンリを宥（なだ）めつづけている。それに、ゼインがいつアンリを処刑すると決めるか知れないのだ。あとどれだけの時間が残されているかわからないという焦燥感が、オルトを淫らな性交へと駆りたてていた。

アンリにねだられるままにオルトは腰を下ろしていく。もう何十回繋がったかわからないのに、半妖魔の猛々しすぎる陰茎を粘膜に含むとき、強烈な違和感と苦痛が寄せてくる。

「ん――ぅ、あ、まだ…っ、…は、っ」

大きさに馴染む前に、アンリが下から腰を突き上げはじめる。そしてすぐにもっと激しく犯すために、アンリは上体を起こしてオルトを仰向けに押し倒した。

アンリが踵（かかと）を上げた前傾姿勢で、猛然と腰を遣いだす。

「あ…ぁ、…ぁぁ…ん、う」

いまにも破裂しそうな内壁を擦られて、オルトは震えながらアンリの肩にしがみつく。

アンリは傷つけまいとする気遣いを垣間見せるものの、十八歳らしいがむしゃらさで行為に溺れてしまい、そうなるともう抑制が利かないのだった。

結合部分がじゅぷじゅぷと湿った音をたてるのは、数十分前に体内に放たれた精液のせいだろう。アンリの種を粘膜に擦りつけられて、オルトは爛れた情欲に性器を膨らませる。朦朧としながら脚をアンリの腰に絡みつかせると、硬い腹筋に陰茎をゴリゴリと擦られた。

「い…い——」

快楽に筋肉を張り詰めさせたアンリの背中に手を這わせる。

「もう…っ」

背をしならせながら果てると、アンリもまた短く吠えて動きを止めた。体内のペニスがくねりながら粘液を放つのを感じて、オルトは目を細める。

最後の一滴まで放ち終えてから抜かれたアンリのものとオルトの脚のあいだに、白い粘糸が太くたわむ。

アンリが覆い被さってきて、オルトの唇を舐めまわす。そうして会陰部にペニスを押しつけてくる。それがむくむくと膨らんでいくのを感じ、オルトはみずから脚を開き——また繋がろうとしたその時だった。

ドォオオンという轟音とともに、船体が跳ね上がるように揺れた。

「敵襲、か？」

オルトは険しく顔を引き締めると、アンリに貫頭衣を着せ、自分も貫頭衣と脚衣を穿(は)いた。そして以前、ゼインが落としていった短剣を手に取る。

ふたたび船が斜め下から突き上げられた。

身体が横に吹き飛び、転びかけたところをアンリに支えられる。

もしこのまま船が沈めば、アンリも自分も水死することになる。階段を上って天井にある扉の封印の術を解こうとすると、また船が躍り、横倒しになるのではないかというほど傾いた。階段から転がり落ちて床と壁に身体を叩きつけられた。

「オル、ト!」

アンリがオルトをかかえて唸り声を漏らした。

「オルトヲ――ヨク、モ」

そう曖昧な発声で呟いたかと思うと、アンリは階段を駆け上り、天井の扉へと身体を打ちつけた。

オルトは慌てて止めようとする。

「待ってください。術は自分が解きます」

アンリがもう一度、体当たりした。メリッと音がして扉に罅がはいる。その罅を拳で殴り、拡がった亀裂を手で裂くようにして破壊していく。

唖然としているオルトの手を摑むと、アンリは船長室へと上がり、甲板へと飛び出した。

そしてオルトは、この世のものとは思えない光景を目にした。

「クラーケン……」

船体を凌ぐほど巨大な海中生物――蛸と烏賊を混ぜ合わせたような姿だ――は、何本もの蔓のような足を振りまわして暴れていた。その足のひと振りで島の桟橋が破壊される。

陸では女たちが悲鳴をあげ、すでに上陸していた海賊たちが銃で応戦を試みているが、クラーケンに痛手を与えられているようには見えない。

船上にはゼインとルカのほかに十人ほどの船員がいた。

栈橋が壊れたせいで係留の綱が外れて船が沖へと流れだす。ゼインが褐色の肌をしたクシュナの男に怒鳴った。

「ロム、操舵は任せたぞ！」

男は「おう！」と返すと、ぐるぐると回る操舵輪に飛びついた。数人の船員たちも、ロムを助けて操舵輪を押さえこむ。

いくらか船の動きが安定したかと思うと、今度は船上へとクラーケンの足が走った。それはまっすぐ、ルカへと向かっていく。

ゼインがルカをかかえて床をゴロゴロと横転して、オルトたちの近くの柱にぶつかって止まる。アンリの姿を目にして反射的に唸るゼインに、オルトは強い声で尋ねた。

「自分の剣はどこですかっ⁉」

このような状況下では、たとえ敵対関係にあろうが共闘するほかない。ゼインもまた瞬時に切り替えて、「船長室の右奥にある箱のなかだ！」と答える。オルトは船長室に飛びこみ、剣を手にして甲板に戻る。

ゼインが鉤のついた縄を手にして、オルトに言ってきた。

「ただ暴れてるだけじゃねぇ。おそらく何者かに操られてる」

これだけ巨大なクラーケンを操れるのは、そうとう強力な術力をもつ者だ。オルトは危機感に項がビリビリと痺れるのを感じながら、アンリの肩を摑んで言い聞かせる。

「なにがあっても、あの怪物に捕まってはなりません。それだけを考えてください」

アンリがじっとオルトの目を見て、頷く。

「ゼイン、鉤に麻痺の術をかけました」とルカが告げると、ゼインはクラーケンに向けて走りだした。

そしてふたたびルカへと伸ばされたクラーケンの足に向けて縄を放つ。鉤が刺さったとたん、足の動きがのろくなった。その足のうえを、ゼインが駆け上っていく。ほかの足が叩き落そうとゼインに迫る。

ルカが鉤の刺さっているクラーケンの足に直接手を当てて、麻痺状態を持続させようとする。

オルトは自身の剣に麻痺の術をかけると、ゼインを援護するためにクラーケンの足を駆け上った。

そして自分とゼインに襲いかかる足を次々と斬りつけていく。

クラーケンの八本ある足のうち、五本に麻痺がかかったが、巨体であるためいくらか動きが緩慢になった程度だった。それでも援護にはなったようで、ゼインが「助かった！」と怒鳴り、足の付け根まで辿りつく。そして今度は怪物の頭部を、両手に握った短剣を突き刺しながら這い登りはじめた。

オルトは麻痺の術を剣に重ねがけしようとして――隙が生まれた。

気が付いたときにはクラーケンの足に身体を巻かれて宙高くへともち上げられていた。

カーリー号の帆柱が眼下に見える。腕ごと巻かれてしまっているため、剣を使うこともできない。

もがけばもがくほど巻きつく力が増していき、骨がギシギシと音をたてだす。

「ぐ…ぅ」

意識を失いそうになるオルトの耳に、咆哮が届いた。

船へと視線を下ろすと、帆柱にかけられている網を走るように登るアンリの姿が見えた。一気に帆柱のうえにある見張り台まで登りきったかと思うと、アンリがそこから跳躍した。

自分に向かってまっすぐ飛んでくるアンリを、霞む視界でオルトは見詰める。

アンリはクラーケンの足へと着地すると、その牙と両手の鉤爪とで、オルトを潰そうとしている足を破壊しだした。その力は凄まじく、あっという間にクラーケンの足がズタズタになっていく。

神経が断ち切られたのか、ふいにオルトを絞めつける力が消えた。高所から甲板へと落下していく。

しかし甲板に打ちつけられるより早く、クラーケンの足を蹴ったアンリが弾丸の速さで宙を飛び、オルトの身体を片腕で捕らえた。そのまま帆柱にかかる網へと激突する。アンリは網をガッと掴んで弾き飛ばされるのを防ぐと、オルトを甲板へと下ろした。

ちょうどその時、怪音が頭上から上がった。

ゼインがクラーケンの眼球に短剣を突き刺したのだ。クラーケンの足が海面を叩き、船が転覆しそうなほど揺れる。

操舵輪を握るロムが「ここが踏ん張りどころだぞ！」と同じ輪を押さえる仲間たちを励ます。

アンリはオルトの横で立ち上がると、クラーケンへと唸り声をあげた。

そしてルカが両手を添えて麻痺の術を送りつづけている足に飛び乗ると、四足で駆け上っていった。

「アン、リ様…」

オルトはそれを追おうとしたけれども、身体中の骨がバラバラになってしまったかのような痛みに身動きもままならない。

片方の眼球に一本の短剣を残したゼインが、振り落とされそうになりながら、もう片方の眼球へと向かう。アンリを叩き落そうとするクラーケンの左目にも短剣が打ちこまれた。

視界の利かなくなった怪物の頭頂部へとアンリが到達する。

そして脳天を両手で引き裂きはじめた。おそらくほかの海洋生物と同様、頭部には軟骨しかないのだろう。アンリはクラーケンの頭部に両腕を突っこむとメリメリと引き裂いた。

断末魔の怪音があたりに響きわたり、海面を波打たせる。

クラーケンの巨体が海へと崩れ落ちていく。ゼインとアンリは足を駆け下り、甲板へと跳躍した。

「面舵一杯！」

ロムが怒鳴って操舵輪を全力で回す。

沈みゆくクラーケンが作る渦から、カーリー号は間一髪で逃れたのだった。

＊

船長室のうえにある寝室のベッドで、ゼインは上半身裸で腰掛けていた。背中の傷に軟膏を塗りこんでくれるルカの手が心地いい。

「アンリ皇子がいてくれて助かりましたね」

ルカに言われて、ゼインは「ああ」と短く答えた。

アンリがルカを傷つけたことは、いまだに許していない。

だが、アンリがクラーケンからルカと船員たちを守る手助けをしてくれたのは確かだ。

それにオルトの話によれば、彼はアンリの妖魔化を食い止めるすべを見つけたようで、それにより以前よりも意思の疎通ができるようになっているのだという。実際、戦闘中も状況を把握して、的確に動いていた。

「あいつがいたから被害を最小限にできたのは確かだ」

いくらか遠回しに認めると、ルカが笑いにベッドを揺らした。

「アンリ皇子の処分はなしということでいいですね？」

「とりあえずは相殺だ。だが、またお前を傷つけたら、今度は絶対に容赦しない」

軟膏を塗り終えたルカが布で手を拭いながら、少し心配そうに言う。

「しかしアンリ皇子の姿を見た船員たちは、大丈夫でしょうか？」

戦闘後にゼインは船上にいったん船員たちを集めた。

あの黒髪で黒い角を生やした半妖魔がノーヴ帝国第三皇子だとわかる者は誰もいなかったものの、半妖魔を船に乗せていたということで、さすがのカーリー号の船員たちもいくらか気色ばんでいた。

ゼインはやむを得ない事情であったとはいえ、彼らに秘密にしていたことを謝った。

カーリー号の船員は自分と命運をともにしてくれる者たちであるため、ゼインはできればアンリ皇子が取り替え子であることすら隠したくなかったのだが、それを公言することは以前からルカに強く止められていた。

重い秘密を分かち合うということは、その相手を危険に縛りつけることでもあるからだ。

『世界に関わるような重い秘密に、仲間を雁字搦めにすべきではありません』

ルカの言葉はゼインの胸に深く響いた。

だから先刻、カーリー号の船員たちに伝えたことも、必要最低限のことだけだった。

『いま陸では災いの異変が拡がりつつある。それを止めるのに、あの半妖魔が鍵になるかもしれねぇから保護してる。それにあのとおり戦力にもなる』

そう告げたうえで、半妖魔との航海に躊躇いがある者はこのままスキュラ島に留まり、ほかの「冥王の使徒」の船に乗るようにと促した。冥王の使徒は、ゼインの盟友である海賊たちであり、カーリー号の船員を拒むことはない。

船の修繕が終わる一週間後までに各自答えを出すようにと言っておいた。……ルカの言っていたとおり、重い秘密で雁字搦めにしなかったからこそ、彼らに自由に選択させることができたのだ。

ゼインはルカのほうを向くかたちでベッドに座りなおした。そしてその黒髪を指に絡める。

「同行して大丈夫かどうかは、あいつらが決めることだ。俺はそれを尊重する」

ルカが目許を緩め、「それがいいですね」と呟く。

気持ちを引き寄せられるままにキスをしようとすると、直前でルカが顔を逸らした。

「島の女性たちもアンリ皇子を目撃しましたが、騒ぎになっていませんでしたか？」

「それはスキュラに任せておけば問題ねぇ」

スキュラとは互いに、海賊の下っ端と駆け出しの売春婦として出会った。痩せたひな鳥のようだったスキュラは、いまや女たちをまとめ、男たちを手玉に取る、気丈な女主人へと成り上がった。いまのゼインにとっては頼りになる戦友のひとりだ。

「そうですね。スキュラ殿ならうまく収めてくれるでしょう」

ゼインは大きく頷いて、ついでに軽口を叩いた。

「安心しろ。女という女は俺の味方だ」

「……」

ルカが軽蔑するように目を眇めてから、唇に軽く嚙みついてきた。

スキュラ島で買えるものは多くある。女・食料・酒、それに船の修繕に必要な材料だ。特に現スキュラの代になってからは、船の修繕材料の備蓄に力を入れ、立ち寄る海賊船に重宝されている。

カーリー号もそのお蔭で、クラーケンに破壊された帆桁(ほげた)やふなべりの補修をおこなうことができた。

いよいよ明日、北西の島に向けて出港するという日を迎えた。

クラーケンのような操られた怪物は、あれ以降、現れていない。ルカによれば、あれだけ巨大なものを遠隔操作するためには、そうとうの術力をもっている者でも力を使い果たすため、さらなる追っ手を放つことができないのだろうという話だった。

シベリウスの手の者であると考えるのが妥当だろう。

果たしてシベリウスがなにをどこまで把握し、また彼に与(くみ)する強力な術力をもつ者が誰であるのか……。いまは探りようもないことだが、それがゼインの胸にほどけない縄目のような気持ち悪さを生んでいた。

いまもそのことについて柄にもなく鬱々と考えこんでいると、船長室の扉がノックされて、鳥番がはいってきた。机のうえに、小指ほどの長さと太さの円柱の筒を置く。

「新たな伝書が届きました。緊急の印つきです」

緊急の伝書は、鳥の足首に赤い輪をつけて送られてくる。

ゼインは筒のなかから丸められた紙を取り出し、折り目を開いた。それに目を走らせると眉間に深い皺を刻み、二階へと続く階段を駆け上がった。

ルカは昨夜――正確には朝方まで続いた交合の疲れで、全裸のまま毛布にくるまって眠っていた。

ゼインはベッドに腰掛けて、その寝顔を見詰める。そして手にしている紙片へと目を落とした。

この紙片に書かれている内容は、ルカにとって気持ちを掻き乱されるものに違いない。そしてルカにはどうすることもできない。それならば見せずにおくほうがいいのではないか。

「――」

紙片を握り潰そうとした瞬間、ルカが声をかけてきた。

「それはなんですか?」

ゼインが逡巡しているうちにルカが身を起こして、紙片を取り上げた。

それに目を通すルカの顔が、みるみるうちに強張っていく。

「……取り替え子の、妖魔化」

ノーヴ帝国の修道院には各地で生まれた取り替え子が集められ、育てられている。その取り替え子たちが次々と妖魔化して暴れているという報告だった。

「それも妖精界との通路が途絶えたせいか?」

「修道院には聖なる結界が張ってあり、それによって取り替え子たちは妖魔から守られています。その結界が失われたことで妖魔に連れ去られて、妖魔化させられているのではないかと」

「妖魔がどうやって取り替え子を妖魔化させるんだ?」

ゼインが尋ねると、ルカがしばし黙りこんでから、ぼそりと答えた。

「嚙みつくのです。それにより妖魔の精気が流しこまれ、妖魔化します」

その言葉に、ゼインは目を見開き、ルカの肩から胸へと拡がっている紫色の痣を凝視した。半月ほど前にアンリに嚙まれて以来、その痣が消えないのだ。それどころか、いくらか拡がっているようにも感じられる。

「……ふざけんなよ、おい」

ゼインはルカの変色している左肩を摑み、揺さぶった。

「まさかお前も妖魔化してんのか?」

「アンリ皇子はまだ妖魔ではありません」

「けど半分は妖魔なんだろっ」

「少なくとも私の妖魔化はいまのところ抑えこめています」

追及を遮断する表情で、ルカが睫毛を伏せて紙片に目をやる。

「それよりも、これは火急の案件ですね。放置するわけにはいきません」

恐れていた反応に、ゼインはルカの手から紙片を奪い取って破り捨てた。

「こんなのは手を出しようがねぇだろ。俺たちにできることは一刻も早く北西の島から妖精界にはいって、妖精王と話をつけることぐらいだ」

「妖精塚のある島に行くには、ここから半月はかかります。半月もあれば、取り替え子の妖魔化はどんどん進んでしまいます」

黒い双眸がゼインを見詰める。

「私だけノーヴ帝国に戻り、対処に当たります」

「っ、戻ったところでお前にできることなんてねぇだろうが！」

薄い両肩を鷲掴みにして、ゼインは目をギラつかせる。

「俺は絶対にお前を行かせねぇからな」

ハネス大司教は一年前から失踪したルカ・ホルムを捕らえるようにと国中に通達していた。しかも修道院はハネスの手のうちにある。もしルカがそこに出没すれば、あっという間に捕らえられるに違いない。

それに、もうひとつ大きな懸念がある。

ゼインはルカの変色した左肩を指で擦る。

「このまま俺と島に行くんだ。そうして妖魔化を解いてもらえ。妖精王ならそれぐらいできるだろ」

「……ゼイン」

ルカの言葉を封じるために、ゼインは薄い唇を押し潰すように奪うと、力まかせにルカをベッドに押し倒した。なにか言おうとしてくる口のなかに舌を突っこむ。

そうして裸のルカの脚のあいだに腰を割りこませる。会陰部をまさぐり、すっかり自分のための孔となった蕾に指を突っこむ。ゼインの肩口を拳で叩いて抵抗しながらも、粘膜が指を啜りだす。

指を三本に増やして、ゼインはルカに問う。

「こんな身体になってるくせに、俺から離れられるのか？」

ルカが薄く開いた目を潤ませながら、別のものをねだって、露骨に内壁をうねらせた。

――……くそ。

苛んで支配していているようにしていても、支配されているのは自分のほうなのか。

ひどい火傷でも負ったかのように疼くペニスを、ゼインは脚衣の前立てから引きずり出した。そして先走りをたらたらと漏らす先端を、引き抜いた指と入れ替わりに、粘膜へとぐっと押しこむ。

「ぁぁ——ふ、ぁ」

吐息によがり声を含ませて、ルカが絞られた布のようにきつく身を捻じる。華奢な手指で敷布を握り、怨じるように横目でこちらを見る。

そうしながら、蠢く内壁が奥へ奥へとゼインをいざなう。破裂しそうに充血しきった器官を呑みこまれ、揉みしだかれて、ゼインは唸る。

——離れられないのは、俺のほうだ。

一日たりともルカと離れたくない。

それなのにルカは離れられるのだ。

ルカを詰るように腰を力まかせに振り立てながら、ゼインは吐露する。

「苦しい……俺は、苦しくて、たまらない」

すると身動きもできなくなるほど、ルカの内壁がきつくペニスを締めつけてきた。顔をなかば隠している黒髪を掻き上げて、その表情をゼインは見る。

血が滲むほど唇を噛み締めたルカが、いまにも涙を零しそうな目で見詰め返してくる。

——そうか……。

ゼインは胸を震わせ、理解する。

——苦しいのは俺だけじゃない。

ルカもまた自分とまったく同じなのだ。一日たりとも離れたくないと、苦しんでいる。

「……それなのに、お前は行くのか？」

呟くように問うと、ルカの眸に強い光がまたたいた。

「修道院の取り替え子たちは、かつての私なのです」

取り替え子と忌み嫌われて修道院に集められた黒髪の子供たちのことを、ゼインは思い出す。ルカはそのうちのひとりだった。

「だが、俺にとってはお前だけが特別なんだ」

ルカを睨みつける。

この幼馴染は見た目に反して、誰よりも強靱な精神で、意志を貫き通す男だ。

そしてルカは、「運命の輪のしもべ（モグ・ルート）」を真名にもつ自分の、運命の輪そのものだ。

——……ひとつだけ、ルカを行かせない手がある。

ルカの真名である「林檎（アヴァル）」をもちいて命ずるのだ。そうすればルカは、自分とともに北西の島に向かうしかなくなる。

……そうではあるけれども。

「っ、ぐ」

ゼインは深い苦しみに嗚咽を漏らす。

この世でもっとも大切な存在だからこそ、その意志を簡単に捻じ曲げるようなことはしたくない。

ルカが慰める手つきで頬をさすってくれる。

「ゼイン、私たちはかならずまた生きて逢えます」

苦悶に濡れる目でゼインはルカを詰る。

「なんで、そう言いきれる。預言か？」

「預言ではありません。運命です」

「運命？」

ルカが微笑む。

「『そなたは三たび、愛しい者の運命を狂わせる。一度目は、これより数時間後。二度目は、十一年ののち、そなたが愛しい者とひとつになるとき』」

「妖精王の言葉だ」

「そうです。一度目、私はあなたをノーヴ帝国から追放しました。二度目は海賊として定まったはずのあなたの運命を、世界の命運に巻きこみました」

「……お蔭で、俺はまたお前にこうして苦しめられてる」

ルカを手に入れてしまったがために、いまはもうルカを失うことがなによりも恐ろしい。自分がこんなに情けない男だったのかと愕然とするほど臆病になっている。

二度目の運命の狂いは、むしろ愛する者を手に入れた苦悩なのではないかとゼインは思う。

「申し訳ありません、ゼイン」

ルカが痛みをこらえるように唇を噛み締めてから、告げてくる。

「けれども、まだ三度目は訪れていません」

「三度目——」

「だから私たちはまた生きて再会し、ともに運命の輪を回すのです」

ルカの眸と声は、静かに澄んでいて神秘的なまでに美しい。

このまま時が止まっても、自分は見飽きることなく、聞き飽きることなく、幻惑されていられるだろう。

ゼインは苦い笑いに喉を震わせた。

「お前はまだまだ俺を苦しめるってわけだ」

するとルカが白い裸体の外側も内側ももちいて、絡みついてきた。

「私もあなたも、愛ゆえに苦しむのです」

愛が深まれば深まるほど、苦悩もまた深まる。

それが自分たちの回す運命なのだ。

ゼインは胸が詰まる苦しさを覚えながらルカの身体を掻きいだき、切羽詰まった気持ちのままに全身を荒々しく波打たせていった。

9

カーリー号がスキュラ島を離れ、北西の島へと針路を取る。出航してしばらくすると、天井の扉がノックされた。オルトは封印の術を解いて、それを開けた。促されてオルトだけが船長室に出ると、ゼインがぶっきら棒に言ってきた。

「アンリも連れてこい」

オルトは鼻白み、警戒に身を強張らせた。

「処分はなしになったと、ルカ殿から聞きましたが」

「いいから連れてこい」

海の冥王と呼ばれるこの海賊は、初めてアンリ皇子と接したときから態度が悪かった。そんなゼインのことをアンリが気に入っていたことも、オルトは面白くなかったのだが。

いざとなったらゼインに麻痺の術をかけようと算段しながら、オルトは地下室に戻り、アンリを連れて階段を上った。するとゼインが顎でついてくるように示しながら、船長室の二階に続く階段を上りはじめた。訝(いぶか)しみながらも、オルトはアンリと手を繋いだまま、ゼインに続く。

二階は寝室になっていて、ベッドや椅子などが置かれていた。

「今日からここを使え」

ゼインの真意を摑みかねて、オルトは尋ねる。

「ここは、ゼイン殿とルカ殿の寝室では？」

「ルカがいないから、俺は下の長椅子で充分だ」

その言葉に驚愕して、オルトはゼインに詰め寄った。

「ルカ殿になにかあったのか？」

「ルカは大陸に戻ることになった」

「……どうしてだ？」

尋ねると、ノーヴ帝国の現在の状況と、修道院の取り替え子が次々に妖魔化していることを、ゼインに教えられた。

――取り替え子が妖魔に……。

繋いだままのアンリの手をグッと握り締める。

「ルカ殿は、その対処をするために、危険を承知で陸に戻る決断をしたのか」

「そういうことだ。副船長のロムや、ルカと特に親しいマルー、腕のたつうちの船員たち三十人をルカに同行させることにした」

ルカが取り替え子であるアンリの力になってくれたのは、妖精王との契約をアンリに遂行させるという目的あってのことだった。

けれども、それだけではなかったのだとオルトは改めて思う。

――ルカ殿は、すべての取り替え子たちの助け手なのだ。

オルトは呟く。

「ルカ殿に、大きな加護があらんことを」

するとゼインが口角に笑みを浮かべ、誇らしげに言った。

「あいつは誰よりも賢くて、したたかだ。俺はあいつを信じる」


窓からの暁光が部屋に薄っすらと射しこんでいる。

ひと月ほども地下室で過ごしたため、室内の空気に光が溶けこむさまは、それだけで新鮮な心地よさがある。

オルトはベッドの横にアンリがいないことに気づいて視線を巡らせた。ゼインとの約束でアンリには足枷をつけて、壁の鎖に繋いでおかなければならないのだが、その鎖は部屋中を歩きまわったりベッドで眠ったりできるほど長い。

アンリは全裸のまま、窓に両手をついて外を見ていた。この部屋に来てから三日になるが、寝食と性交以外の時間はたいていそうやって景色を一心に眺めている。

その後ろ姿を見詰めていたオルトは、ふと胸に痛みを覚えた。

――自分は、アンリ様の気持ちをまったく理解できていなかった……。

アンリが十八年間置かれてきた状況を頭では理解していた。けれどもひと月をアンリとともに陽光も射さない、外界の風も吹きこまない部屋で過ごしてみて、その狂おしい閉塞感を身をもって思い知った。

あのような環境にいながら健やかな心身を育むことができたのは、アンリが強い資質をもっており、またおそらく取り替え子だったせいもあるのだろう。

取り替え子は人間界の血肉をそなえてはいるものの、その存在は本来は妖精界に属するものだ。王城下の巨大な妖精塚から放たれる聖なる力が、アンリに供給されていたと考えるべきだろう。

改めて自分とアンリの違いを突きつけられて、焦燥感に心音が揺らぐ。

オルトはベッドから起き上がると、裸体に毛布を巻きつけてアンリの横に行った。

「おはようございます」と声をかけると、アンリがこちらを見返して、「オハヨ、ウ」とたどたどしく返す。アンリの十八歳の生誕日の前日まで、オルトは毎朝「今日一日をつつがなく送られますよう、全身全霊で皇子をお守りいたします」とアンリに誓っていたが、その習慣は喪われていた。あの誓いを繰り返すことができていた日々は、多少の波瀾（はらん）があったとしても、あくまで聖域に守られていたのだ。

アンリがまた外へと視線を向けて呟く。

「ウツクシイ」

空と海が見えるばかりの景色だ。

空に拡がる桜色と橙色(だいだいいろ)を淡く混ぜた色合いが海にも溶け、夜の闇を水平線の彼方へと押し流していく。それはオルトの心にも染みわたる美しさだった。

これまで王城では窓のない部屋に、船では地下室に閉じこめられてきたアンリにとってはなおさら、この世のものとは思えないほどの壮麗さであるに違いなかった。

琥珀色の眸が濡れていき、目の縁からひと粒の涙が転がり落ちていく。

――ああ…。

オルトはふいに悟った。

――この運命で、間違ってはいないのだ。

妖精王との契約を遂行することはできず、半妖魔になってしまったけれども。

それでもいまこうして、これほどまでに美しい朝を迎えられているのは、この運命であったからだ。

それを否定することは不遜(ふそん)であり、間違っている。

船の地下室で過ごしているあいだ、自分は困窮しながらも、淫らな欲に溺れていた。

アンリがさらに妖魔化するのを止めることに必死で、また同時に歪んだ状況下とはいえアンリの肉体を手に入れられたことを悦んでいた。

いや思えばそれより前から、アンリを守るという建前を掲げながら、心のどこかで愛しい相手を自分だけのものとして囲っていることに悦びを覚えていたのではないのか……。

窓の外へと視線を投げたまま内省していると、顎の下にアンリが人差し指を入れてきた。オルトを鉤爪で傷つけないようにしながら、顎を摑み、もち上げる。

互いの顔を見詰めあっているうちに、違和感と昂揚感とが同時に湧き上がってきた。

黒くうねる髪に、紅みを帯びた目のなかに浮かぶ琥珀色に輝く眸。つややかな黒い角に、真珠のような白い牙。顔の骨格が、強まりゆく陽の光に陰影を深める。

……なにか、十八歳のアンリではなく、数年先のアンリを前にしているかのような錯覚に陥っていた。

絶対的な力を秘めながら、特有の華と翳をそなえた大人の男。

アンリが目を細めて呟く。

「ソナタハ、ウツクシイ」

アンリのなかで覚醒と変容が起こったように、オルトは感じる。

半妖魔となってからのアンリは、もしかすると蛹のなかで羽化しようと足搔いていたのではないだろうか。

そして今朝、ついに蛹から抜け出た。

「ボク——、ハ」

アンリが誓いの言葉を口にする。

「ソナタト、生キル」

人の声帯から発せられるのとは違う、獣が口から音を押し出すかのような声音だ。

おそらく自身のこともオルトのことも、いまだ思い出せてはいないのだろう。

ただ、いまこの瞬間の、すべての想いが籠められている。

それこそが純粋で高潔なものであると感じられて。

オルトは跪くと、アンリの手を取り、みずからの額に押し当てた。

「我があるじとともに在るために、身も心もすべてを捧げます」


カーリー号は北西へと突き進み、孤島の近くに錨(いかり)を下ろした。

「あれが、妖精塚のある島か…」

冷気に身震いしながら、オルトは寝室の窓から島を見やった。それは常冬の島であるらしく、まだ九月だというのに氷に閉ざされている。

船長室から階段を上がってきたゼインが、部屋の端に積まれている箱を開けて、毛皮つきのマントなどを次々と床に放った。

「しっかり防寒しろ。それとこの鎖をブーツに巻け。滑り止めになる」

オルトは衣類を拾いながら、ゼインに尋ねる。

「妖精塚の場所はわかっているのか?」

「島の中央の石柱群がある場所だとルカが言ってた。五年ぐらい前に上陸したときには、そこまで半日ぐらいかかったな。岩山を迂回(うかい)して進まないとならねぇからな。何ヶ所か危険な場所もあるから、お前たちも心しておけ」

「あの島を、そこまでして探索したのか」

「このあたりの島に古代の宝が隠されてるって噂があったからな」

「宝探しか」

ゼインがニッと笑う。

「男のロマンだろ」

どちらかといえば「男の子のロマン」だとオルトは内心思いつつ、毛皮のチュニックをアンリに着せようとして、その琥珀色の眸がキラキラしていることに気づく。

アンリが子供のころに、あの窓もない室内で「宝探しごっこ」をしたことを、オルトは思い出す。宝といっても、盤面で戦遊びをするのにもちいる王冠のついた駒だったりしたが、オルトが隠した「宝物」を探すとき、アンリはいまみたいに眸を輝かせていたものだ。

ここのところアンリが急に大人びたことにいくらか寂しさを覚えていたオルトは、アンリのなかに少年を見つけて温かい気持ちになった。

島にはオルトとアンリとゼインの三人だけで上陸した。

「この島全体が妖精塚を守る城塞みたいなものだとルカは言ってた。だから人間が大勢で踏みこむと妖精による反撃に遭いやすくなるらしい」

実際、島を歩きはじめると「要塞」の意味がオルトにもよくわかった。

島自体の大きさは一時間足らずで一周できる程度のもののようだが、氷がこびりついている岩棚を飛び移ったり、大岩にへばりつきながら細い足場を伝って右に左に回りこんだりしないと、島の中央部に辿りつけないようになっているのだ。

アンリは半妖魔としての身体能力が優れているせいか、あるいは取り替え子であるせいなのか、さして苦もないようだった。ゼインはさすがに海賊として場数を踏んでいるだけあって、滑り落ちそうになれば片手に握っている短剣を氷に突き立てたりして、見事に危険を回避していく。

オルトとて冬は雪に閉ざされるノーヴ帝国で生まれ育ち、修道騎士として鍛錬をしてきたものの、このような氷の張った道なき道を突き進んでいくのは初めてのことで、幾度も足を滑らせかけてアンリに助けられた。

ようやく石柱群のある平らな場所についたころには、すでに日が落ちかけていた。

疲労困憊(ひろうこんぱい)しながらオルトは、円を描くかたちで立っている八本の石柱を調べているゼインに、不安な胸のうちを告げた。

「アンリ様は半妖魔化しているが、妖精界に受け入れてもらえるだろうか？　自分もゼイン殿も人間だから、拒絶されるのではないか」

するとゼインが驚くべきことを口にした。

「俺は妖精界に行ったことがある」

「——それはまことか？」

「十四のときにルカと妖精の輪を探した。俺は死んだ親父とおふくろに会うつもりでいたんだが、どうしてもルカと一緒にいたかったせいだろうな。輪に飛びこんだら、ルカと同じ妖精界についた……まあ、はっきり覚えてるわけじゃねぇんだけどな」

氷に反射する夕暮れの光に照らされるゼインの横顔が、うっとりと緩む。

「でも、確かに見たんだ。妖精の翅(はね)をもつルカの姿を」

すべての柱を調べ終えたゼインが、そのうちのひとつの柱の下にしゃがみこみ、首から細い鎖を外した。そしてペンダントヘッドになっている親指ほどの大きさの小瓶の蓋を開けると、そこにはいっている白い液体を柱の足許に垂らした。

すると、人の背丈の倍ほど高さのある柱が、根本から天辺まで銀色に光った。そして、その先端から石柱群の真ん中の凍った床へと放たれた光の点が、古代文字を記しだした。

その文字列が渦となり――いつの間にか、そこに地下へと下りる螺旋階段が現れていた。

「この先が妖精界に続いているのか?」

「そういうことだろうな」と返しながら、ゼインが小瓶の蓋を閉めて、大切そうにペンダントを首に下げなおす。

「その液体はいったい?」

オルトが尋ねると、ゼインがにやりとする。

「これか? これはルカの種だ。まあ、ほかの体液でもいいそうだが」

意味深な言葉と表情から答えを察して、オルトは少し顔を赤らめた。

ふたりがそんなやり取りをしているうちに、アンリが螺旋階段を下りはじめる。

「待ってください、アンリ様!」

オルトは慌ててアンリのあとを追い、その螺旋階段が石のような物質ではなく、銀色に薄っすらと光る古代文字の連なりであることに気づく。それを踏むことに危うさを覚えたが、躊躇(ちゅうちょ)するほどアンリが先に行ってしまう。

意を決して、頼りない段を踏み締めて下りだす。

そのあとにゼインが続き、彼の金髪が地中に消えると、石柱群の中央には丸い石の床が現れ、そこにみるみるうちに氷が厚く張っていく。

そしてあたかもなにもなかったかのように、孤島の妖精塚は寂寥とした景色のなかに、ふたたび閉ざされたのだった。


もうどのぐらい螺旋階段を下りつづけているだろう。

この階段の先には底なしの奈落が拡がっていて、一段下りるごとに新たな一段が生まれ、永遠にどこにも辿りつかないのではないか。

そんな疑念に囚われかけたときだった。

ふいに足の下の古代文字がほどけた。

「アンリ様っ！」

落下しながらオルトはアンリへと懸命に手を伸ばした。

するとアンリがこちらを振り向き、オルトの腕を摑んで引き寄せた。そのまま、オルトを両腕でかかえ上げる。

そしてオルトは、すでに落下していないことに気が付く。

事態がわからずに視線を巡らせると、あたりには銀の光をまとった木々があった。その梢のあいだを自分たちはゆっくりと下降していっているのだ。まるで空を飛んでいるかのように。

惑乱しながら改めてアンリへと目を向けたオルトは息を呑んだ。

アンリの背で、なにかが閃いている。それはまるでクロアゲハの翅のようで……どうやら、アンリの背中から生えているらしい。

呆然としているうちに、アンリがふわりと着地した。

すぐ近くからゼインの声がする。

「おい、アンリ。俺のこともお姫様抱っこしてくれてもよかったんだぞ」

見れば、銀色に光る星形のスナゴケのうえで、ゼインが胡坐(あぐら)をかいて肩をさすっていた。どうやら空から落下して打ったらしいが、大きな怪我はしていないらしく、すぐに立ち上がった。

オルトをそっと地面に下ろすアンリの周りをぐるりと歩いて、ゼインが興味深そうに翅を眺める。

「ルカの翅とは、かたちも質感もかなり違うな」

ゼインがアンリの肩口を軽く拳で叩いた。

「なかなか格好いいな、お前の翅」

アンリが自分の背中の翅を振り返って眺めてから、口許に笑みを浮かべた。

そんな彼らの横で、オルトは銀色の森へと視線を巡らせた。特に道があるわけでもない森のなかだ。

「妖精王のところへはどう行けばいいのだ…」

呟くと、アンリが腕を上げて指差した。

「妖精王ハ、向コウニイル」

そう言ったかと思うと、森のなかを歩きだした。

取り替え子であるアンリには妖精王の居場所がおのずとわかるようで、その足取りには迷いがない。

オルトとゼインは、あとに続いた。

太い倒木を上り、蔓の橋で樹から樹へと渡っていく。途中でゼインが呟いた。

「ここをルカと通った覚えがある…」

「十四歳のときにですか？」

オルトが尋ねると、ゼインが「だろうな」と返した。

翅のある妖精たちは飛べばすむため、おそらくは翅をもたない種族——たとえば人間が通るために用意された通り道なのだろう。

そうして進んでいった先に、巨木が現れた。そのウロへと架かる蔓の橋を渡る。

ウロにはいると、そこには上下左右に広大な空間が拡がっていた。はいった巨木よりも遥かに広いのは、人間界の条理とは違う世界だからなのだろう。

大きな繭玉（まゆだま）が縦に横に、不規則に繋がっている。繭玉にはそれぞれ丸い出入り口があり、そこから妖精たちが出たり入ったりしている。おそらく、この空間がそうであるように、繭玉のなかにもそれぞれ広い空間が拡がっているのだろう。

ウロの出入り口からは、もっとも大きな繭玉へと蔓橋が渡されていた。

アンリがその橋を渡りだす。途中からは背の翅でなかば飛ぶようになり、——その完全に人ではなくなってしまったような姿にオルトは強い不安に駆られながら、走ってあとを追った。

もっとも大きな繭玉のなかへと飛びこむと、そこはノーヴ帝国の王城の謁見の間に似た空間となっていた。奥の階段のうえには玉座があり、銀色に輝く人影が腰掛けている。

アンリはまっすぐ玉座のほうへと羽ばたき、階段下で跪いた。あの銀の人影が妖精王であるに違いなかった。

オルトもまたアンリの斜め後ろで片膝をつき、妖精王に敬意を示す。

ゼインはオルトの横で、仁王立ちして腕組みをした。

「十二年ぶりだな、妖精王」

妖精王のすっとした顎の輪郭がわずかに浮かび上がり、ゼインのほうへと向けられる。

『我を覚えているのか、人の子よ』

頭のなかで笛の音のような声が聞こえて、オルトは驚いて自分の耳を押さえた。

「思い出せない部分が多いが、あんたのえげつなさはしっかり思い出した。ガキの俺やルカに、とんでもねぇ重いもんを背負わせやがって」

ゼインの不遜さにオルトは蒼褪め、彼のコートの裾を引っ張った。

「ゼイン殿、わきまえろ」

「わきまえてると足許見られるぞ。こいつは、そういう奴だ」

鈴を振ったような笑い声が頭のなかに響く。

『そなたは相変わらずよの』

「しっかり腹から声を出して喋(しゃべ)れ。頭んなかが気持ちわりぃ」

ゼインが文句を言うと、今度は耳を通して涼やかな声が聞こえてきた。

「では、そのようにしよう」

そう言いながら妖精王が立ち上がった。

すらりとした細身で、どうやら髪は腰に届くほど長いようだ。その背に翅のような光が生じ、わずかに宙に浮かんで、そのますーっとアンリの前へと降り立った。

「立たれよ」

アンリが立ち上がると、銀色に光る手がその頬を撫でた。

「憐れなことよ。このような姿になり果てるとは……」

オルトは片膝ついたまま、妖精王に乞う。

「どうかそのお力にて、アンリ様を元に戻してください」

「それは叶わぬこと。ここまで穢れては、もう元に戻すことはできぬ。我の依り代となるべく人の世に送り出したが、もう使えぬ」

その声に切り捨てるような冷然としたものを感じて、オルトは思わず立ち上がった。

アンリの身体を後ろに引いて妖精王から離す。

「あなたの思うようにならなかったとはいえ、アンリ様にはアンリ様の人生があります。それまで奪うおつもりですか？」

静かに妖精王が返す。

「このような半端な妖魔の身でいることが、アンリにとってどれほどの苦痛か、そなたは考えたことはあるのか？」

「……苦痛」

「聖と濁が拮抗し、アンリの魂は業火に焼かれている。完全に妖魔に堕ちてしまったほうがよほど楽というもの」

ゼインが腕組みをしたまま妖精王を睨みつけた。

「こいつを決して妖魔にするなと言ったのはあんただ。そもそもあんたがアンリに契約を押しつけたせいで苦しんでるんだろう」

「確かにそれは我の咎である。ゆえに、アンリを苦痛から解き放つのもまた我の務め」

オルトはマントの下に佩いた剣を引き抜いて、アンリを背で守る。ゼインもまた短剣を手にしてオルトの横に立った。

そんなふたりの存在などないかのように、妖精王がアンリに告げる。

「真名において、そなたを楽にしたいと我は思う」

その言葉にゼインが目を剝いた。

「あんたは、アンリの真名を知ってるのか？」

「当然のこと。我は妖精の王。取り替え子は、我が眷属」

「——ルカの真名も、知ってるってことか」

妖精王が頷く。

「……ルカに真名を使って従わせてきたのか？」

「それはしておらぬ。我が眷属とはいえ手駒ではない。運命を紡ぐのは、その者自身でなければならぬ」

粛然とした声音と様子から、妖精王が真を述べているのが知れた。

ゼインが濁った声で「そうか」と呟く。

オルトは剣を握り締めながら懊悩していた。

妖精王は人間とは違うことわりに立っているものの、取り替え子のことを想う気持ちはあるらしい。

そしてアンリの苦痛についても、オルトよりも定かに把握しているに違いなかった。

——……生きるのは、アンリ様にとって苦しみつづけることなのか。

それを楽にしてやろうというのは、妖精王の親心のようなものなのかもしれない。

頭ではそう理解できるけれども。

——喪いたくない……アンリ様と、ともに在りたい…っ。

アンリを苦しめるとわかっていても、おのれの渇欲をどうしても抑えることができない。剣を握る両手が震え、呻き声が漏れる。

「……タイ」

自分の口から押し出された言葉かと、オルトは錯覚しかけたが。

「オルト、ト、イキタイ」

振り返ると、アンリが頬を滂沱の涙で濡らしていた。

「魂ヲ焼カレテモ、オルト、ト」

「——アンリ、様」

オルトは剣を取り落とすと、身を翻してアンリを抱き締めた。

同じことをアンリが望んでくれていることに涙が溢れる。嗚咽に濁る声で、妖精王に訴える。

「アンリ様といられるのならば、自分はこの身も魂も、どれほどでも削る」

妖精王は長いあいだ押し黙ったのちに、口を開いた。

「このままでは、アンリはそう時を経ずに完全な妖魔となるであろう。世界を滅ぼす力のある妖魔だ。それは決して、赦すわけにはゆかぬ」

やはり妖精王はアンリをここで始末する気でいるのか。オルトはアンリを抱く腕にあるだけの力を籠める。

「しかし、ひとつだけ妖魔化の進行を抑える手がある」

妖精王がアンリに問うた。

「再度の契約を我と結ぶならば、その秘儀を為し得る——とはいえ、それでも命が助かるのは、十にひとつであるが」

アンリがオルトをきつく抱き返しながら、吠えるように答えた。

「契約ヲ、スル」

——命が助かるのは、十にひとつ……。

オルトの胸は大きく乱れていた。けれども、その賭けをしなければ、自分は確実にアンリを喪うことになるのだ。

そして、アンリ自身はすでに迷いなく、その賭けを引き受けると決めている。

自分はそれを支えるまでだ。

これまでそうしてきたように、これからもそうできるように。

オルトは心を奮い立たせて、誓う。

「アンリ様、自分がかならずそのお命を繋ぎ留めます」

10

とても悪い夢を見た。

その夢は十八歳になる直前から始まった。隣国クシュナのシベリウス王子が兵を率いて王城を襲ったのだ。自分はオルトとともに謁見の間に逃げ、オルトは自分のことを厨子に隠した。

謁見の間に敵兵が雪崩れこんできて、オルトはシベリウスに捕らえられた。助けたいのに、厨子はオルトによって封印されており、どうしても出ることができない。

そして——あろうことか、シベリウスはオルトを凌辱したのだ。

魂も肉体も爆発するような激痛に焼かれて、気が付いたとき、自分は妖魔になっていた。敵を鉤爪に引っ掛けて投げ飛ばし、人間の血の匂いに涎が垂れた。人間の血肉と生気とを貪りたくて仕方なかった。もし、オルトが真名でもって眠るように命じてくれなかったら、本能のままに人間を貪っていたことだろう。

そして次の場面では、自分はみすぼらしい密室にいた。部屋というより、物置のような場所で、カンテラがゆらゆらと揺れ、波の音が周囲でしていた。船のなからしい。

自分の肉体は以前とは違うものになっていた。

角や牙が生え、身体はオルトよりもふた回りほども大きくなっていた。おそらくシベリウスを叩きのめしたいと願ったために、彼をも凌ぐほどの肉体を得たのだろう。

そこで自分は、もうずっと長いこと渇望していたままに、オルトの肉体を思う存分舐めまわして、犯しつくした。

まるで妖魔そのものの所業だったが、しかし自分がまだ完全に妖魔になっていないのはわかった。そうなればオルトとはもう一緒にいられないから、さらに妖魔化しようとする肉体と魂を必死に抑えこんだ。それは心身を煉獄(れんごく)の炎に炙(あぶ)られつづけているかのようなつらさだった。

オルトを愛撫し、肉体を繋げているときは、あまりの喜悦につらさが薄らいだ。

その夢にはルカとゼインも出てきて、自分はルカを傷つけてしまった。ルカが自分を眠らせようとしたからだ。眠ってしまったらオルトといられないから、嫌だったのだ。

ゼインは激怒して、ルカを傷つけた咎により自分のことを殺そうとした。

途中、物語の挿絵で見たことのあるクラーケンとも戦った。まるで自分が物語の登場人物になったかのようだった。

それと、この世のものとは思えないほど美しい景色を、船の窓から見た。

暁光が空と海に広がっていくさまに涙が溢れた。

このような美しい世界でオルトと生きていけたら、どんなにかいいだろう。いや、本当はオルトさえいてくれれば、陽の光の一条も射さない場所でもかまわないのだ。

ただ明日も明後日も、ずっとオルトと一緒にいられるのならば……。

自分の本心はとうに定まっていたから、妖精王に乞うたのだ。

『魂ヲ焼カレテモ、オルト、ト』

……そして、それからどうなったのだったか。

確か、妖精王と新たな契約を結んで、そこで夢は途切れた。

皮膚を無数の針で深々と刺されているかのような痛みに、アンリは呻き、重い瞼を上げた。

とたんにオルトの掠れ声に呼びかけられた。

「アンリ——アンリ様っ」

殿下ではなく名前で呼びかけてくるから、まるで夢の続きでも見ているかのような気分になる。名前で呼ばれるのは嬉しい。オルトが主従の義務ではなく、自分に接してくれていると感じられるからだ。ただのひとりの男として、オルトから求められたかった。

オルトに抱きつかれながら、アンリはベッドのうえから視線を巡らせる。

王城の自分の部屋ではない。銀色にほのかに輝く円天井の空間で、置かれている小机や椅子、棚、姿見なども、銀色を帯びた不思議な質感だ。

——ここは、まだ夢のなかなのか？

目覚められない夢のなかにいるような焦燥感を覚えはじめたとき、部屋にゼインがはいってきた。

「やっと目が覚めたか！」

ゼインが碧い眸に安堵の光を浮かべながらベッドの横に立ち、見下ろしてくる。

「お前は十日も生死の境を彷徨ってたんだぞ。先にオルトのほうが心労で力尽きるかと気が気じゃなかった」

「生死の、境？」

「なんだ覚えてねぇのか？　妖精王と契約して、妖魔化を抑えこんでもらったのを」

「……それ、は、夢で」

「なに寝ぼけてんだ」

ゼインが呆れ顔でアンリの頬を抓る。

「いた…」

アンリは瞬きをして、大きく身を震わせた。

――夢では、なかった？

「っ」

自分に抱きついているオルトの肩を摑んで引き離す。

「アンリ様？」

「下がっていろ。ひとりになりたい」

オルトの顔を見られずに顔を背けたまま命じる。

ふたりが部屋を出て行ってから、アンリは身体を起こして頭をかかえた。

「オルトに……なんということを」

自分は欲望のままにオルトを犯してしまったのだ。それでは、あのおぞましいシベリウスとなにも変わらない。

オルトは忠誠心から身を捧げてくれただけなのだ。決して、自分を欲してくれたのではない。

悔恨に身悶え、もういっそこの頭を割り裂いてしまおうかと、頭に爪をたてる。そして、改めて自分の手を見た。鉤爪ではなく、普通の人間の爪が生えている。

頭に触ってみると、角がない。次に歯に触ってみたが、牙がなくなっていた。

ベッドから降りて立ち上がると、強い眩暈を覚えた。壁を伝い歩きして姿見の前に行く。

「――――」

鏡に映る全裸の男を、アンリは凝視した。

それは自分であって、自分ではないようだった。

妖魔の特徴は消えているが、身体は前に鏡で見たときよりも明らかに大きくて逞しい。顔つきも男らしい険しさをそなえている。しかも背には、まるでクロアゲハのような翅がある。

そして――アンリは自分の身体の左半分にまとわりついているものに、指を這わせた。

黒い蔓草紋様の刺青。それは首筋まで彫られていて、しかも注視していると刺青が息づいているかのように蠢いた。

「これは……」

おぞましさに皮膚を引っ掻いていると、ゼインが「もうこれ以上は待てねぇ。とっとと支度をしろ」と言いながら戻ってきた。その手には衣類や剣がかかえられている。

「この刺青はいったい？」

「僕は元の身体に戻ったわけではないのだな」

「妖魔封じの刺青だとかって妖精王が言ってたな」

ゼインがアンリの前に立つ。目線はほぼ同じ高さだ。

「でもまぁ、だいぶ人間らしいサイズに戻ったじゃねぇか」

言われてみれば、妖魔化していたときの記憶のなかでは、ゼインを見下ろしていた。

身支度をしているとオルトが手伝いに来たが、アンリは視線を逸らしたまま「そなたは下がっていろ」と退室させた。

オルトを凌辱しつくした悔恨で、彼の顔を見ることもできない。

それにこの醜い刺青が這う姿を、想い人に見られるのがつらかった。

……自分はもう、オルトが大切にしてくれていたアンリ皇子ではなくなってしまったのだ。

「お前が万全になるまで待てなくて悪いが、俺は一刻も早くルカを助けたいんだ」

支度を終え、蔓橋を渡って妖精王のもとへと向かう途中、ゼインがそう言ってきた。

「確か、ルカは取り替え子たちの妖魔化に対処するためにノーヴ帝国に戻ったのだったな」

そのような話を、ゼインがオルトにしているのを聞いた記憶があった。

「ああ、そうだ。——あいつはそういう奴だからな」

呆れと苛立ちと誇らしさとが入り混じった声音だ。

対等にぶつかりあえているルカとゼインを羨ましく思いながら、アンリは自分の後ろを歩いているオルトをちらと振り返る。オルトは昏い顔で項垂れていた。

オルトが無体に耐えてまで尽くしてくれたのは、自分たちのあいだに絶対的な主従関係があるからだ。誰よりも忠誠心の篤(あつ)い修道騎士であり、また修道騎士団長だった父から第三皇子の警護を任されたため、すべてを差し出してくれてきたのだ。

重い足取りで、もっとも大きな繭玉のようなものへとはいる。

その奥の高みに据えられた玉座を見上げたアンリは、蹴躓(けつまず)いたように立ち止まった。

「あの方が……」

十一歳のときから鏡のなかより語りかけてきた銀の人影。

その姿をアンリはいま克明に見ていた。

腰まで流れ落ちる白金の髪に、菫色の眸。なめらかな中性的な顔立ちをしているが、その表情の無機質なまでの涼やかさは、男性のそれだ。髪のあいだから縁の尖った耳がわずかに覗いている。

妖精王がアンリを見返して、ゆるりと瞬きをした。それだけで幻惑されるような眩暈をアンリは覚える。

「アンリよ、よく命を繋いだ」

そう言いながら妖精王が立ち上がる。

すらりとした細身のその背に、透明な硝子(ガラス)を寄せ集めたかのような翅が広げられた。蝶のものに似た、儚い翅がゆらりゆらりと翻り、妖精王の身体がすーっと近づいてくる。まとっている裾の長い銀の鎖帷子(くさりかたびら)が煌めく。鎖帷子のみを身につけているため、下の肢体が輪郭を露わにしているさまが、なまめかしい。

アンリの様子から、ゼインが察して訊いてくる。

「お前、妖精王が見えてるのか？」

「……ゼインには見えていないのか？」

「光る人型にしか見えない。だよな、オルト？」

同意を求められたオルトが頷く。

「我が眷属には、この姿がおのずと見える。見えるということは、そなたの妖魔化が抑えられ、我が眷属に戻ったことを意味する」

銀色の光を帯びた手が伸びてきて、アンリの左胸に掌を当てる。

「そなたは我とふたたびの契約を結んだ。この身に刻まれた刺青は、そなたの妖魔の精気を吸い取り、抑えこむであろう。代わりにそなたは、いつなんどきでも我が声を聞き、それにしたがわねばならぬ。ただし、そなたの魂が黒く染まり、強く魔へと傾けば、この刺青でも抑えこめぬ――それは世界の災

厄となるゆえ、そうなったときにはそなたの命を絶つ」

これからもおのれの心と闘いつづけなければならぬということだ。アンリは眸を据えて頷く。

妖精王が改めて一同へと視線を巡らせて告げた。

「いまノーヴ帝国全土は妖精界との繋がりが途絶え、妖魔が跋扈している。そなたたちにはこれよりノーヴ帝国に戻り、妖精塚を解放してもらいたい。アンリの右掌に解呪の印を刻んでおいたゆえ、その掌で妖精塚の石柱に触れれば、塚の封印は解ける。おそらく妖精塚周辺には、ハネス大司教によって妖魔が多数放たれている。海の冥王はそなたの同胞(はらから)の力を借りるがよい」

ゼインがその言葉を受けて唸る。

「俺の仲間たちは確かに腕が立つ。だが、妖魔相手に戦うなると話は別だ」

「ドワーフが鋳造(ちゅうぞう)した妖魔を斬ることのできる武器を、同胞のぶんも授けよう。完全に妖魔化した者は塵と化し、妖魔化が浅い者は元の姿に戻って命を留めるであろう」

それを耳にしたオルトが、妖精王に進言する。

「ならば、修道騎士たちのぶんもその武器をいただきたい。彼らは妖精塚の護りに、かならずや貢献することでしょう」

妖精王が「では、そなたの同胞のぶんも船に送るとしよう」とオルトに返し、続ける。

「そなたたちの船は風の精霊(シルフ)の加護により海路を飛ぶように進み、三日で王都の港へとつくであろう」

「それはありがてぇな。一刻も早くルカのところに行きたいからな。……あいつは取り替え子たちを助けに戻って、いまはどこにいるんだろうな。痣の拡がり具合も心配だしな」

「痣とは？」

妖精王の問いかけに、アンリは悄然として答える。

「僕が乱心してルカの首を嚙んだのだ。妖魔となっているときに」

すると妖精王が銀の眉をひそめた。

「そなたは特別な取り替え子であり、同時に特別な妖魔である。半妖の段階とはいえその牙にかかったとなれば、ルカのことが心配であるの。……ゼイン、ことが済んだら、ルカを我のところに連れて参れ」

「わかった」

妖精王の身体がわずかに宙に浮いたかと思うと、その両手がアンリの頬を優しく包んだ。

「そなたは我にしたがう契約者であるが、同時にその運命はそなた自身のものであり、そなたの意思の積み重ねのうえに在る。それを忘れぬよう」

額に妖精王の唇が触れたとたん、アンリは自分の身体が風に飛ばされたような感覚を覚えて、思わず目を閉じた。そして次に目を開けたとき、甲板に尻餅をついて座っていて、背中の翅は消えていた。

ほどなくして、ゼインとオルトも甲板に放り出されたように現れ、続いて大量の銀の光を帯びた武器が甲板へと降りそそいだ。

カーリー号の海賊たちは忽然と現れた船長たちと大量の武器に腰を抜かしそうになりながらも、ゼインから王城の妖魔退治を持ちかけられると目を輝かせて好みの武器を選びはじめたのだった。

妖精王の言葉のままに、カーリー号はまるで海上を飛ぶように進み、三日でノーヴ帝国の港へとついた。

城下町にまで妖魔が徘徊するようになったせいだろう。港を守る兵の姿ひとつなく、カーリー号の四百人ほどの船員たちは堂々と桟橋から上陸することができた。

海賊たちの多くはノーヴ帝国から国外追放された身であり、なかには王都育ちの者たちもいて、彼らは久しぶりの故郷を踏み締めて、感慨深げな顔をしていた。

城下町の人びとは家に籠もっているらしく、街角にも人の姿はまったくなかった。

王城の門は固く閉ざされていた。

「水路から侵入するか？」

ゼインの提案にオルトが同意して、城下町の裏道にある地下に通じる階段へと彼らを先導した。

オルトのすぐ後ろを歩きながら、アンリはずっと胸に苦しさを覚えていた。

この三日間、オルトとまともに会話もしていなければ、視線すら交わせていない。同じベッドに横になっても、互いに背を向けて両端に身を離していた。オルトに触れたくてたまらないという欲望と、もう決してオルトを穢してはならないという自戒とがせめぎ合い、ほとんど一睡もすることができなかった。

迷路のような水路を進んで、石壁に偽装されている扉から、城内の地下通路へとはいる。

その暗がりに充満する凄まじいなまぐささ——人の血肉の匂いだ。

アンリは口のなかに唾液が溜まっていくのを感じて、身震いした。姿は元に戻ったものの、自分のなかには妖魔の欲望が根を張っているのだ。

海賊たちがランタンの火を壁の灯り台に次々に移していく。

次第に陰惨なありさまが照らし出され、さすがの海賊たちも胸が悪くなったらしく、唾を吐いた。

「妖魔ってぇのはどーしてこう、ぐっちゃぐちゃにしてくんだ」

「ひってぇなぁ。こいつなんて、身体がぶち切れてるぞ」

海賊たちが口ぐちに言い、通路の奥にある下り階段を見やる。

「この先にいんのは、妖魔ぐらいのもんか」

「腕が鳴るぜ」

未知の敵を前にして、男たちがそれぞれの武器に手をかけて武者震いをする。

ゼインがアンリを指差して、仲間たちに告げた。

「話したとおり、この黒髪を地下の妖精塚まで連れていく必要がある」

するとアンリの横に立っていた海賊が、肩を叩いてきた。

「あんた、妖魔から戻れてよかったな。黒のアンリ」

ノーヴ帝国の第三皇子と同じ名前で紛らわしいということで、海賊たちはアンリのことを「黒のアンリ」と呼ぶようになっていた。

この三日のあいだ、アンリは甲板に出てカーリー号の船員たちと接してきたが、彼らは半妖魔だったことに多少の警戒は見せたものの、黒髪の取り替え子という点で忌み嫌うようなことはなかった。

不思議に思って尋ねると、「ルカ殿の預言に、俺たちゃ何度助けられたかわからねぇからな。取り替え子様様だ」という答えが返ってきた。ほかの海賊たちも口ぐちにルカの素晴らしい預言の逸話を披露して、まるで仲間の自慢をするかのように鼻を高くしていた。

――ルカは、ゼインと結ばれて、仲間も得たのだな。

まだルカが王城で暮らしていたころ、彼は教えた隠し通路からひそかにアンリの部屋を訪ねてきてくれた。アンリはルカに、オルトへの想いを言葉を選びながら相談したものだ。そしてルカはアンリに、幼馴染のゼインの話をよくしてくれた。

その時の甘やかな表情と声から、ルカの想い人がゼインなのだとわかった。

『その運命はそなた自身のものであり、そなたの意思の積み重ねのうえに在る』

妖精王の言葉は、ルカにも当て嵌まるのだろうとアンリは思う。

ルカもまた取り替え子として、さらには「災いの預言者」として波瀾の多い人生を歩んできたに違いなかったが、ルカから運命の被害者の匂いを感じたことはなかった。

それはルカがみずからの意思を積み重ねて生きてきたからなのだろう。

海賊たちとともに王城下の妖精塚へと向かいながら、アンリは腰に佩いた剣に手をかける。ルカがいまノーヴ帝国のどこにいるかわからないが、王城下の妖精塚を解放すれば、ノーヴ帝国にはふたたび聖なる加護が拡がる。そうなれば、取り替え子の妖魔化を防ぐために尽力しているルカの援(たす)けとなるはずだ。

先頭を切って妖精塚のある層へと階段を下りたゼインの声が、陰鬱な地下に響き渡った。

「妖魔の群れがいる！　壁になって進んで、灯り台に火を入れて視界を確保。妖精塚の広場では円形になって、アンリを守って中央部へと進め！」

すぐに海賊たちの雄叫びと、妖魔たちの咆哮とが混ざりあいはじめる。

壁の灯り台や、篝火台に火が入れられ、妖精塚の石柱群が照らし出される。幾重にも円を描くかたちで配置された石柱のあいだを縫いながら、アンリは懸命に中央を目指した。妖精塚を解放すれば、ここにいる妖魔たちも弱体化するはずだ。

「アンリ様、伏せてください！」

オルトの声にしたがうと、アンリに襲いかかろうとした妖魔が床に身を打ちつけた。しかし瞬時に跳ね起き、高く跳躍して、今度はオルトへと飛びかかろうとした。

アンリは剣を下から突き上げるかたちで、自分のうえを飛び越そうとした妖魔の腹部に刃を刺しこんだ。

「ぐおおぉ」

妖魔がもんどり打って床に転げる。

その刺された腹部から銀色の光が溢れ、妖魔の全身へと波紋のように幾度も拡がった。次第に妖魔は姿を変えていき――黒髪の若者へと、なかばまで戻りかけた。

アンリは思わず彼の横に膝をつく。

「取り替え子……」

若者は苦悶の表情を浮かべていたが、ふっと安堵したような吐息をつき、頬に笑みを浮かべた。そしてみるみるうちに、その肉体はすべてが銀の光の粒となって霧散した。

「ぅぅう――」

アンリは呻き、立ち上がりながら視線を巡らせた。

ここに放たれている二百をくだらない妖魔は、おそらくすべて取り替え子なのだ。ノーヴ帝国全土からハネス大司教によって集められ、真名を無理やり奪われたうえで妖魔にされたのに違いない。

妖精王から贈られた武器によって、あちらこちらで銀の光が弾け飛んでいく。

「ううおお、ああ」

取り替え子としての自分と、妖魔としての自分が、同時に叫ぶ。涙が双眸から散る。

ここにいる妖魔すべてが仲間であり、また自分自身であるかのように感じられて、心が抑えようもなく荒ぶる。

耳のうえの皮膚を破って角が突き出しかける。肉体がメリメリと音をたてて膨らむのを感じる。身体の左半身に巻きつく蔓草がギチギチと身に食いこんでくる。

「アンリ様っ」

もしもオルトが抱き締めてくれなければ、自分の魂は黒く染まり、魔へと傾いていたに違いない。

アンリはオルトを片腕できつく抱き返してから、ふたたび石柱を縫って中央へと進んだ。

ついに円の中心にそびえ立つ、ひと際大きな水晶の柱が目の前に現れた。それを守るように立ち塞がる妖魔二体を、斬り伏せる。彼らが銀の光と化すなか、アンリは激しい胸の痛みに打たれながら両膝をつく。

そして石柱に右手を押し当てた。

「妖精王の加護が、我が国を満たさんことを！」

水晶の柱が白く燃えるように輝き、そこから強烈な光の波動が拡がった。アンリの身体は後ろに吹き飛び、支えてくれようとしたオルトの身体ともつれながら、床をゴロゴロと転がる。

妖精塚にいる者で立っていられる者はひとりもいなかった。

光の波動が通り過ぎるたびに、自分の身体のすべてが——魂までもが、その光に洗われていくのを感じる。

その波動は数十分のあいだ繰り返し放たれつづけ、中央の柱がただの水晶の様相に戻ったとき、妖魔たちの多くは失神していた。海賊たちは彼らに次々と浅く刃を滑らせていった。ある者は光となって飛び散り、ある者は黒髪の人の姿へと戻った。

アンリは生き残った五十名ほどの取り替え子たちに保護を約束した。

「王城内のほかの取り替え子たちも浄化して、早く楽にしてやろうぜ」

ゼインが沈鬱な顔をしている一同に、声を張って言う。

その言葉にアンリは頰を打たれた心持ちになった。

——……そうなのだ。妖魔でいるのは、苦しい。

それは自分が味わったから知っている。

人の血肉と生気を求める貪婪(どんらん)な欲望が、絶えず襲ってくるのだ。

オルトが身を挺(てい)してその欲望を押し留めてくれていたから、自分はなんとか人を喰らわずにすんだが、わずかでも心を残したまま人を喰らってしまった者たちはどれほど深い苦しみを味わっていることか。そして妖魔としてすべてがわからなくなったのちも、渇欲に苛まれつづけるのだろう。

妖魔となってしまった取り替え子たちは、浄化されることで、生死を問わずに救われることになるのかもしれない……。

妖精塚から階段を上がり、倒れている妖魔たちを浄化して歩く。その数は百を下らず、喰い散らかされた人の屍(しかばね)もまた無数に転がっていた。

「どれだけの者が助かることができたのか…」

修道騎士の遺骸を目にしたオルトがそう呟く。

王族が住まう城の深部に続く大扉は、内側から堅く閉ざされていた。

「修道騎士オルトである！」

オルトが扉を叩きながら大声で呼びかけると、向こう側でざわめきが起こった。

「城内の妖魔は制圧した。無事の者がいるならば、ここを開けられよ！」

するとしばらくののちに、内側からハネス大司教の声が響いた。

「修道騎士オルトは城を捨て、アンリ皇子をも見捨てて逃げた裏切り者である。妖魔を制圧したなどと偽りを申して、我らを破滅させるつもりであろう」

その言葉に思わずアンリは反論しようとしたが、ゼインに口を掌で押さえられた。

ゼインが視線でいったん退くと合図を送り、一同は一階の大広間まで戻った。

アンリとオルトとゼインの三人だけ階段の踊り場に留まる。

「身を擲って僕を救ってくれたオルトをあのように貶すなど…っ」

憤慨するアンリの横で、オルトも苦々しい顔つきできっぱりと言う。

「城を捨てたとしても、自分がアンリ様を見捨てることなど、あろうはずがない」

ふたりを交互に眺めてゼインが首を捻る。

「そこだ。おかしいだろう。アンリは俺たちといるのに、ハネスの野郎はまるでアンリが王城にいたような口ぶりだった」

その指摘に、アンリとオルトは一瞬顔を見合わせ、すぐに互いに視線を逸らした。

「確かにゼイン殿の言うとおりだが、どういうことか……」

「――まずは僕の部屋に行こう。ハネスが大扉を開くことはないだろうから」

アンリの提案に、ゼインが頷く。

「それはいい手だが、お前の部屋もあの扉の向こう側じゃねぇのか？」

琥珀色の眸を輝かせて、アンリはいたずらな笑みを頬に浮かべた。

「僕についてくるとよい」


さんざん歩きまわっていたから、隠し通路がどこにどう繋がっているかは、目を瞑っていてもわかるほどだ。

アンリはオルトとゼインだけを連れて隠し通路を進み、自室の書架裏に繋がっている戸を横に滑らせた。

そして部屋へと一歩踏み出したとたん、刃を喉元へと突きつけられた。

「何者だっ⁉」

灰色の眸に鋭く睨みつけられて誰何（すいか）される。

アンリの後ろで、オルトが驚きと喜びの入り混じった声を上げた。

「グレイ‼」

隠し通路から飛び出してきた親友の姿を目にしたグレイが、しばし呆然としたのちに唇を震わせた。

「オルト…なのか？　本当にオルトなのか？」

「生きていたのだな、グレイっ。よかった……よかった」

オルトに肩を摑まれて、グレイが剣を構えていた腕をがくりと落とした。そしてオルトの肩をがっしりと摑み返し、詰るように揺さぶった。

「いったい、どこにいたんだ？　アンリ皇子を置きざりにしてまで」

「自分はアンリ様を置きざりにしてなど……」

部屋にはいったゼインが、部屋を見回して、壁に嵌めこまれた姿見のほうを指差した。

「あの金髪は、誰だ？」

グレイが眉を逆立て、ゼインの腕を摑んだ。

「殿下を指差すとは――この腕を断ち切られても文句はあるまい。そもそも、貴様は何者だ？」

「俺か？　俺は海の冥王とも呼ばれてるなぁ」

「な…」

目を白黒させているグレイの横を通り抜けて、アンリは姿見の前に立つ若者へと近づいた。

ゆるやかに波打つ金の髪に、金の眸。その顔立ちや身体つきは、十七歳になったばかりのころの自分のものに似ているだろうか。

しかしアンリとは違い、その若者には王族らしい優美な華やかさはあれど、翳りはない。

「殿下にそのように近づくな」

グレイが飛んできて金髪の若者を背に守り――アンリの顔を改めて見て、目をしばたたいた。

「……どこかで見たような」

すると金髪の若者がクスクスと笑って、アンリの横に並んで立った。ふたりの顔を見比べたグレイが「兄弟のようだな…」と呟くと、金髪の若者が言った。

「兄弟ではありませんよ。彼こそが、十八年前にノーヴ帝国第三皇子として生を享けたアンリ皇子なのです」

「ま、またそのようなからかいを」

「グレイはからかい甲斐があるけれど、これは本当のこと。そうですよね、皇子様？」

アンリは頷くと、グレイに告げた。

「この者が言っているのは、まことではあるが」

悩ましい心地で金の髪の若者に問う。

「そなたが本当は、アンリ皇子として生まれるはずの者だったのか？」

自分が取り替え子であるからには、本物の皇子がいたはずなのだ。ノーヴ帝国王族である証の、金の髪と眸をもつアンリが。

若者が笑みを浮かべて、アンリを見上げる。

「そういうことになるのかな。僕はもう『アンリ』ではなくて、『エンリケ』という名を妖精王からもらっているけど」

「……申し訳ないことをした」

アンリが謝ると、エンリケは首を横に振った。

「あなたが皇子になる必要があったのだと、妖精王から言い聞かされてきましたから。強いて不満があるとすれば、妖精王がなかなか気難しくて我がままなので、側近を務めるのも楽ではないということぐらいですね」

グレイがみずからの額に手を当てて唸る。

「まさか、そんな事情であったとは……。しかし、あの騒乱のさなかにどうやってこの部屋にもぐりこめたのだ？」

「この姿見は妖精界に一方通行だけれど繋がっていたから、妖精塚が封じられる前に妖精王が僕を送りこんだんだよ。皇子が国を捨てて逃げたと思われないように、アンリ皇子の身代わりが必要だって。人使いが荒いったら」

グレイが深く息をつき、若者の金の髪にそっと触れる。

「――エンリケ、というのだな。そう呼んでもいいだろうか？」

「かまわ、ないけど」

わずかに頬を赤らめるふたりに、ゼインがわざとらしい咳払いをしてから、厳しい声音で尋ねる。

「お前たち、ルカの行方を知らねぇか？」

するとグレイが表情を引き締めて即答した。

「ルカ殿なら、ひと月ほど前にここに立ち寄られた。隠し通路を通ってこの部屋に来た」

「本当かっ！　ここに寄って、どうしたんだ？」

ゼインがグレイの胸倉を摑んで詰問する。

「王城修道院所属の取り替え子たちを保護していった。取り替え子が妖魔化するというので、彼らはろくに食事も与えられずに礼拝堂に監禁されていたんだ。ほかの地の取り替え子たちのことも救出して回ると言っていた」

「そうか…まぁ、あいつはああ見えて逞しいからな。ロムもついてる」

自身に言い聞かせるように呟くゼインに、グレイが気がかりそうに伝える。

「ただ、気のせいかもしれんが、ルカ殿はあまり体調が優れぬように見受けられた」

エンリケが左肩を指差しながら言う。

「ここの傷が化膿していたので手当てをしました。肩から胸の下あたりまで肌が紫色になっていて」

その言葉にゼインは蒼褪める。

アンリもまた色を失い、拳を握り締めた。

――僕が嚙んだところだ……。

妖精王が言っていたように、一刻も早くルカを妖精界に連れて行かなければならない。

「ゼイン、妖精塚の封印を解くことはできた。あとのことは僕に任せて、ルカのところへ」

「……」

眉間に深い皺を刻むゼインに、アンリはもう一度促す。

「僕はこの国を救う務めをもって、妖精王に送りこまれた。それがいまはよくわかる。だからここは僕を信じて、任せてほしい」

ゼインの碧い眸が、ふっとやわらぐ。

「お前はもう一端(いっぱし)の男だったな」

強い力で肩口を拳で殴られる。

アンリは踏みこたえて、笑顔を返した。


ゼインが隠し通路から去ったのち、グレイが改まった様子でアンリの前に片膝をついた。

「殿下にどうしても、申し上げておかねばならないことがあります」

項垂れたその様子から、悪い報せであることが知れた。

「どのようなことでも言ってくれ」

「あの生誕日の奇襲の直後、皇帝陛下がお亡くなりになりました」

「……そうであったか。どのようにして亡くなったのだ？」

父はずっと自分のことを忌み嫌い、この部屋を訪ねてくることもなかった。

取り替え子であるということ以上に、愛する皇后がそのことで心を痛めて命を落としたことこそが父の心を凍てつかせたのではないか。

ひとつの旅を終えたいまのアンリには、父の痛みをありありと想像することができた。

グレイが顔を上げ、眉尻をきつく上げて報告する。

「陛下は、ハネス大司教の謀により落命されました。実際に手を下したのは妖魔でありましたが、間違いありません」

おそらくハネスは、真名を摑んでいる取り替え子を妖魔化させてしたがわせ、皇帝を襲わせたのだろう。

「陛下が妖魔の手にかかった現場には、イズー皇子とロンド皇子もおられ、ともに心を壊されて寝こんでおられます。それにより、いまやハネス大司教がこの国のあるじであるかのように振る舞っているのです」

オルトが憤りに声を震わせる。

「かねてより大司教は陛下を操り、民から搾取してきた。それにルカ殿のことも——あのようなおぞましい人物に、決して国を委ねてはならぬ」

グレイが頷く。

「修道騎士はいまや、その点において一枚岩だ。兵士たちもおのれの保身だけを考えて妖魔を野放しにしている大司教に憤っている。民も同じ心のはずだ」

アンリは椅子にかけられていた黒いベールを手に取る。

「――この国は、変わらねばならない。その刻が来た」

琥珀色の眸に強い光を載せて、一同へとぐるりと視線を向けた。

「ハネスを駆逐し、兄上たちの状態が回復するまでは僕がこの国を取り仕切り、守る」

オルトが跪く。

「ご英断です、……殿下」

――もう、名前では呼んでくれないのか。

自分はアンリという個人ではなく、ノーヴ帝国の皇子に戻ってしまったのだ。

アンリは胸の痛みをこらえると、ベールを頭に被った。そしてエンリケに尋ねた。

「そなたはグレイ以外の城内の者たちに姿を見せたか？」

「いいえ。この部屋に出入りしていたのはグレイのみです」

それならば、体格の違いは問題にならない。もともと年に一度の生誕日や特別な祭礼の際にベールを被って姿を現すだけの存在だったため、アンリの体格を正確に把握している者もいなかった。

「では、まいろう」

アンリの言葉に、オルトとグレイが立ち上がる。

エンリケが廊下に出るための続き部屋の扉を次々に開けていき、彼だけはそこに留まって三人を見送った。


「アンリ皇子と――オルト殿だ！」

アンリがふたりを引き連れるかたちで階段を下りていくと、廊下にいた者たちのあいだにざわめきが拡がった。

生誕日以外にアンリが姿を現すのは稀であったし、ほんの一時間ほど前に大扉の外側にいたはずのオルトがこうして王族の居住区画に姿を現したことも、人びとを驚かせていた。

同行しているグレイが太く声を張る。

「一同、控えよ。殿下はハネス大司教との話し合いのために下りてこられた。オルトもまた我が国に帰還したことをここに報告する！」

混乱の波が静まり、城内の者たちが通路の端に身を寄せる。

アンリは立ち止まり、ベール越しにひとりひとりへと視線を向けた。どの顔にも昏い苛立ちと疲労がこびりつき、殺伐（さつばつ）としている。クシュナ兵や妖魔と戦ったときに深手を負ったらしき者たちの姿も見受けられた。彼らの気持ちがビリビリと伝わってくる。

それを受け止めると、アンリはひとつ深く頷いて、ハネスが我が物としているという皇帝の居室へと強い足取りで歩きだす。

アンリを止める者はいなかった。城内の者の——いや、おそらくはノーヴ帝国の民の総意が自分の想いとひとつであることをアンリは感じる。

皇帝の居室の前につくと、部屋を守っている四人の衛兵たちは互いに顔を見合わせて頷き、両開きの扉を開けた。

「アンリ皇子がお越しになりました！」

ハネスは毛皮を敷き詰めた長椅子に身を沈めていた。その左右と足許に、黒髪の少年がひとりずつ座っている。いずれも貫頭衣一枚をまとい、首には厚みのある革の首輪をつけられていた。

右隣に座る少年の貫頭衣の裾は捲り上げられ、露わになった腿に、すべての指に指輪を嵌めたハネスの手が這っていた。

しかもハネスは、アンリたち三人が入室しても、少年の腿をまさぐるのをやめようとしない。いまやハネスを咎める者は誰もいないのだ。内腿を撫でられている少年が唇を噛み締めて深く俯く。

オルトが厳しい声で戒める。

「破廉恥（はれんち）な行為は慎まれよ」

ハネスがこめかみをヒクリとさせてから嗤った。

「一介の修道騎士が、この私にそのような口をきくとはの。愚かな父と同じようになりたいと見える」

「よくも、父を」

オルトが腰に佩いた剣の柄を、グッと握り締める。それを目にしたハネスが、室内にいる衛兵に命じた。

「修道騎士オルトを反逆罪で捕らえよ！」

それを消し去る声でアンリは宣告した。

「その必要はない。罪人は、ハネス大司教である。長きにわたって民を重税で苦しめたうえに、いまは妖魔を蔓延（はびこ）らせるままにして我欲に溺れている。国が弱るままにして平然としていられる者が反逆者でなく、なんであろう？」

その問いかけは、開け放たれている扉から廊下の者たちにも届く。

賛同の声が波のように押し寄せ、次第に大きくなっていく。

「なにを言うか。私は常に民の味方であった！　信仰心が養われるように各地の礼拝堂を美しく整え、国を護るための兵器の開発にも力添えをしてきた。役立たずの兄の代わりに、ノーヴ帝国の守護者となってきたのだ」

ハネスの虚しい繰（く）り言（ごと）に、アンリは冷ややかに言葉を返す。

「ノーヴ帝国を我が物とするために、隣国クシュナのシベリウスと通じたのであろう。こうして国を弱らせているのは、クシュナが侵略しやすくするためではないのか。侵略を許したうえで、ノーヴ帝国の皇帝として納まるつもりでいたか」

それは正鵠（せいこく）を射ていたのだろう。

ハネスは激昂して長椅子から立ち上がった。

「我が国には、埋もれている無尽蔵な兵力があるのだ！　クシュナと手を組み、取り替え子や妖精を兵力として活用すれば、世界をも手中に入れられる。私はノーヴ帝国が世界を支配する道筋をつけてやっておるのだぞっ」

「――なんという傲慢、なんという身勝手」

アンリはゆっくりと剣を引き抜いた。

感情に任せるのではなく、揺るがし得ない結論として答えを出す。

「そなたを生かしておくわけにはゆかぬ。ノーヴの民のため、世界のため」

ハネスはふたたび、衛兵や廊下にいる者たちに命じた。

「この者を捕らえよ！」

しかし誰ひとり微動だにしない。

不気味なほどの静寂が部屋を浸していく。

ハネスの顔が白くなり、金の眸が小刻みに震える。しかしその口許には不敵な笑みがこびりついていた。

「そのほうらは、わかっておらぬのだ。世界の支配者側になることこそが、この国を護ることだということを」

そう呟いたかと思うと、ハネスは周りに侍らせている三人の取り替え子たちの首輪に次々に触れた。

触れるたびにカチッと音がする。

一拍ののち、取り替え子たちは大きく身体を痙攣させて両腕を振りまわした。そしてその肉体がみるみるうちに膨らんでいき、首輪が弾け飛んだ。首輪の内側に針があり、そこから液体が噴き出している。

それを目にしたオルトが銀の光を帯びた剣を抜く。

「っ、首輪に仕掛けがあったか…っ」

首輪の内部に妖魔の体液が仕込まれていて、それが針を通して首から注入されたのだ。

取り替え子は妖魔に嚙まれると、妖魔化する。それと同じことを、首輪をもちいて人為的におこなったことになる。

「妖魔化する！」

アンリは周りの者たちに警告し、グレイに命じる。

「ほかの者たちを室外へ」

「わかった！」

グレイが腰が抜けた衛兵を担いで、廊下へと投げ、扉を閉める。

アンリはベールを脱ぎ捨ててオルトに告げた。

「妖魔化が浅いうちに斬れば助かる。三人とも戻す！」

しかし取り替え子たちは凄まじい速さで剣から逃げ、部屋を縦横無尽に飛びまわった。

力まかせに斬るのならばさほど難儀ではなかったが、命を奪わないように場所を選んで傷つけるとなると容易ではない。

そのうちの一体がグレイに飛びかかり、鉤爪で両肩を摑んで食らいつこうとした。オルトがその背に刃を滑らせると、「ギャッ」と悲鳴をあげて、妖魔化がとけた取り替え子が床でのたうちまわる。

そのあいだに、アンリはひとりの足に刃を入れることに成功したが、それと同時に最後のひとりが背後から飛びかかってきた。

「オオウ、オオオオ」

ひどく憤っているのは、いま刺された取り替え子が親しい相手であるせいなのかもしれない。首にがぶがぶと嚙みついてくる少年の、自分の胸元に回されている手の甲に、アンリは軽く刃を滑らせた。

三人の取り替え子たちの身体に銀色の波紋が幾度も拡がり、元の姿へと戻っていく。

「ハネス、は――」

アンリは視線を巡らせ、奥の部屋への扉が開いていることに気づく。次の間は書庫になっていた。

三人で書庫を検(あらた)めていく。

「おい、この棚がズレてるぞ」

グレイがひとつの書架を摑んで横に滑らせると、そこに隠し通路が現れた。

「ここから逃げたのか」

隠し通路を進んでいくと、海岸に接する大きな洞窟に出た。

係留用の杭があることからして、おそらくそこに舟があったのだろう。

「逃げられたか」

アンリが口惜しさに歯軋(はぎし)りすると、オルトがそっと肩に手を添えてきた。

「ハネスが逃げられる場所は、隣国しかありません。それならばさほど問題はないでしょう」

落ち着いた様子のオルトを、アンリは見詰める。そして冷静になって、言葉の意味を解いた。

「ハネスはすでに我が国のことをシベリウスに売り渡していた。いまさら新たに売れるネタもないということか」

「そういうことです」

海へと開けた洞窟の口へと目を向けながら、オルトが呟く。

「あちらでも、すでにハネスは無用の者でしょう」

11

「俺の仲間たちは、なかなか役に立つだろう？」

オルトが城下町の鍛冶屋を訪ねると、そこの主人のモスは恰幅のいい腹を叩きながら鼻高々で言ってきた。彼は元カーリー号の船員で、いまは陸から海賊たちに情報や物資を流している。

「ゼイン殿が彼らを置いていってくれたお蔭で、本当に助かった」

ルカと合流するために発つ際、ゼインは海賊たちにしばらくのあいだはオルトとモスの指示に従うようにと言い残して、身ひとつで王都を離れたのだった。

妖精王から贈られた武器で、海賊たちは城下町や周辺地域の妖魔たちを浄化して歩いた。そのため海賊を――特に残虐で名を馳せていたカーリー号の海賊たちを恐れていた民も、彼らに感謝の念をいだくようになっていた。

「けどな、まあ俺もいまだにそうだが、海賊稼業が合う奴は短気な乱暴者だ。いい気にならせてるといろいろやらかすから、きっちり締め上げとかねぇとな」

「ゼイン殿が戻るまで、監督責任を果たさなければならぬ。……ゼイン殿からの新たな伝書鳥はついていないか？」

そう尋ねると、モスがニッと笑って前掛けのポケットから小さな紙片を取り出して、テーブルを挟んで座るオルトへと差し出した。

それへと目を走らせたオルトは思わず顔をほころばせた。

「ルカ殿と合流できたのか」

ゼインからの手紙によれは、生まれ故郷の修道院でルカと再会できたのだという。

その近くの森にある妖精の輪が復活したため、ルカを妖精王のところに連れていってから国内の様子を確かめて歩きながら王都に戻るので、それまで仲間たちを頼むと書かれていた。

城下町の見回りをしてから王城に戻ったオルトは、できればすぐにゼインとルカが合流できたことをアンリに伝えたかったが、しかしその日もアンリは遅くまで身体が空くことはなかった。

父である皇帝が亡くなり、ふたりの兄はいまだに心身の不調で臥せているため、いま現在、ノーヴ帝国をまとめているのはアンリだった。治安と国防の整備、さらに税制改革にも着手し、ろくに寝る間もないありさまだ。

それだけの激務を黒いベールを被ったままおこなうのは不自由であるため、眉だけ金の顔料を加工したもので地の色を隠し、髪は完全に隠すかたちで黒い頭布を被っている。眸は琥珀色で、王族の金の眸と似ているので、それを身咎める者はいなかった。病弱だった第三皇子が健勝となり、しかもたいそう頼りになると、城の者も国民も喜んでいる。

いまはグレイもアンリの秘密を共有してくれているため、オルトは別働できるようになり、ふたりきりで過ごすのは夜だけとなっていた。

その晩も、夜も更けてからアンリは部屋に戻ってきた。

アンリは「湯浴みをする。先に寝ていろ」と短く告げて、視線も合わせることなく足早に浴場へとはいっていった。

オルトは紙片を手にしたままベッドに腰掛け、俯く。

これまでどおりともに過ごすようにとアンリからは言われている。

だが、アンリはすでに庇護の必要な不遇な少年ではない。

ノーヴ帝国の民から求められる者であり、このまま行けば、おそらく皇帝の座につくことになるのだろう。すでに次の皇帝はアンリ以外にいないと、城内の者たちも口を揃えている。

実際のところ、隠されることがなくなったアンリの風貌は顔つきも身体つきも頼もしく華やかだ。特有の翳りもまた、深慮ある指導者としての重みになっている。

「……もう、この手に戻ってくることはない」

オルトは自分の手を見詰め、苦笑を滲ませる。

アンリの人生を考えれば、これでよかったのだ。大きな秘密をかかえているとはいえ、堂々と人前に立ち、日々驚くほどのものを吸収して成長している。

父の代からアンリを見守ってきた身として、それを喜ばなければならないと頭ではわかっている。

……けれども、どうしても思い返してしまうのだ。

アンリとふたりだけで過ごした時間のことを。

船の地下室に半妖のアンリと籠もっていた時間すら、甘く満ち足りていた。

思い出すだけで身体の奥底が切なくわななく。

「っ、く」

毎夜、アンリの横で寝るのが、つらくてたまらない。

アンリに背を向け、決して触れないように自分の両手を固く握り締めて、おのれの欲望と闘いつづけなければならないのだ。

——そもそも、アンリ様は望んで自分に触れたわけではない。

妖魔化してしまい、人の血肉や生気を貪る代わりに、性的なことを求めたに過ぎないのだ。

だからかつてそうしていたように、自分はふたたびアンリへの恋情や欲望を封じこめなければならない。

「……」

オルトは背を丸めて、苦しみに焼かれる。

アンリに求められ、貪りつくされる至悦を知ってしまったいま、昔には戻れない。

——もう、とうてい耐えられない。

背後で扉が開く音がした。

湯浴みを終えたアンリが、オルトの様子がおかしいことに気づいて駆け寄ってきた。

ベッドに腰掛けているオルトの前に跪き、心配そうに見上げてくる。

「オルト、なにかあったのか？　どこか痛むのか？」

その様子はオルトに、少年のころのアンリを彷彿（ほうふつ）とさせた。

——アンリ様はなにも変わっていない。穢れた想いをいだいているのは、自分だけだ。

オルトは眉根を寄せたまま、アンリに紙片を渡した。

「ゼイン殿からです。ルカ殿と会えたそうです」

「まことか。それはよかった」

安堵の表情を浮かべるアンリを置いて、オルトはベッドから腰を上げた。

「どこに行く？」

アンリに手首を摑まれて引き止められ、顔を背けたまま答える。

「今日は、長椅子で休ませていただきます」

「なにを言う」

立ち上がったアンリに厳しい声音で言われる。

「そなたはここでともに休むのだ」

覆い被さるように見下ろされて、オルトは伏せた睫毛を震わせた。

「どうかもうお許しを」

「それほどまでに……」

顎を強い指で摑まれて、仰向かされる。

琥珀色の眸に睨みつけられる。

「ともに過ごすのが、それほどまでに嫌なのか」

「そうでは、ありません。ただ――もう苦しくて、耐えられないのです」

アンリがきつく唇を嚙み締めてから、呟いた。

「そなたに厭われても仕方ないのはわかっている。酷いことを……あのシベリウスと変わらない酷いことを、そなたに数えきれぬほどしてしまった」

性交を重ねたことで、アンリはみずからを責めているのだ。

「シベリウスと同じだなどと思ったことは、一度たりともありません。妖魔化を止めるために必要な行為だったのだと、わかっています。……そして妖精王の刺青があるいま、もう必要のない行為だということも――」

オルトは思わず言葉を止めた。

睨みつけてくる琥珀色の眸から次から次へと涙が溢れるのを、呆然と見詰める。

「そなた、を」

アンリが苦しげに顔を引き歪める。

「そなたを思うままに穢した。ずっと……十四のころからずっと願ってきたままに、穢し尽くしてしまった」

オルトはまばたきも忘れて、アンリの顔を凝視する。

――十四、のころから？

忘れるはずもない。それは自分が自慰行為を見せてアンリを穢してしまったころだった。

「そなたの隣で眠るのが、つらくてつらくてたまらなかった。身体が熱くなって仕方なくて……そなたがみずからを慰める姿を見せてくれたとき……初めて、夢のなかでなく種を出した。……夢のなかでも、そなたのことを想って種を出していた」

「――」

アンリの告白に足腰の力が抜けそうになる。

ぐらつく身体を強い腕に抱き支えられた。

身体中が心臓になったかのように指先までドクドクしていた。

「それ、は、お傍に自分しかいなかったせいでしょう」

「いまはそなた以外の者たちと関わっている。女たちとも接した。それでも十四のころと、なにも変わらない」

「殿下…」

「そなたからそう呼ばれると寂しかった。皇子だから傍にいてくれるだけなのだと思い知らされるようで」

訴えかけられる。

まっすぐに想いを伝えられて、オルトは強烈な眩しさを覚える。

「名前で呼んでもらえていたあいだ、そなたをとても近くに感じられて——嬉しかった」

いくら目を瞠るほどの成長を遂げているとはいえ、アンリは本当はまだ十八歳の若者なのだ。その烈しさと潔さに打たれて、胸が痛むほど痺れる。

捧げられたものと同じだけのものを返したいと思うものの、とうてい言葉では返しきれそうになかった。

「アンリ様……」

掠れ声で呼びかけながら黒髪を押さえるようにしてアンリの頭を両手でかかえる。

そうして、その唇に、わななく唇を押しつける。

触れ合っている膨らみの強い唇が、泣くように震え、オルトの唇を押し潰してきた。

「ん——」

勢いのまま舌を口のなかに突き挿れられたとたん、オルトの身体は露骨にビクビクと跳ねた。舌を舐めまわされただけで、もう腰が砕ける。沈んでいくオルトに引きずられるままに、アンリもまたベッドに倒れこむ。

抜けてしまった舌をまたすぐにオルトの口に挿しこみながら、アンリが本能的な動きで腿のあいだに腰を押しこんでくる。

脚の狭間に当たるアンリの性器は、すでに硬くなっていた。

腰を押し上げる動きをしたアンリが、ハッと我に返って唇を離し、オルトのうえで四肢をついた。

「すまぬ……そなたにつらい思いをさせるつもりはない」

首筋まで真っ赤にして、苦しそうな顔をしながら自制しようとするアンリを、オルトは濡れそぼった眸で見詰める。

「アンリ様に触れられて、つらいと思ったことはありません」

「……そのように気遣わなくてよい」

頑ななアンリにわかってもらうために、オルトは寝衣の裾を捲り上げた。羞恥に視線を伏せながら、勃起しているものを晒す。

「触れてもらえぬことのほうが、よほどつらいのです」

アンリの視線に絡みつかれて、先端から蜜が漏れる。

「自分もまた、アンリ様に淫らな欲望をいだいていました。……アンリ様が十四歳のころには、もう」

「まこ、とか……？」

譫言（うわごと）のようにアンリが呟く。

「そのようなことが、あるものなのか？」

オルトは視線を上げて、アンリを正面から見詰めた。

「自分はずっと、アンリ様に恋をしていました」

「――」

四肢の力が抜けたようにアンリの身体がくずおれ、覆い被さってきた。

そのまま抱きこまれる。触れているすべての場所から、アンリのドクドクと脈打つ拍動が伝わってくる。

「僕もずっと、そなたに恋をしてきた」

オルトは震える唇を、癖のある黒髪にきつく押しつけた。


頬張っている陰茎が暴れるように身をくねらせ、大量の先走りを漏らす。それを啜り飲みながら、オルトは長く強い裏筋を揃えた指で撫で上げた。

頭が朦朧として、腰から下は蕩けてしまっている。

横倒しの身体をアンリと互い違いにして、捲った寝衣から露わになっている性器を口にしあっているのだ。

ただ貪るように性交をしていたときよりも、想いを確かめたうえで及ぶ行為は、格段に恥ずかしくてふしだらだった。いたたまれない気持ちが、心と身体を鋭敏にしている。

ペニスをアンリにしゃぶられて強い舌で亀頭をなぞられると、自然と腰が逃げようとしてしまう。

しかし後孔に挿されている二本の指のせいで、逃げることもできない。しかもさっきから、しきりに内壁の弱い場所を擦られていた。

オルトの肉体を知り尽くしたうえで、アンリはたっぷりと丁寧な愛戯をくわえてくる。酷いことをしてしまった罪滅ぼしもあるのだろうが、あまりにも快楽が強すぎて、むしろオルトはつらくなってしまっていた。

指を含んでいる粘膜が浅ましく蠢いたかと思うと、きつく締まってわなないた。

「アンリ様、口を離し――」

言っているあいだにも、射精が始まってしまう。

アンリの口に含まれたまま果てていると、オルトの手のなかの幹もまたビュルビュルと粘液を放ちはじめた。

「ん…うっ…く、オルト」

オルトの寝衣の胸元が白濁まみれになっていく。

放っても緩まないペニスから残滓を垂らしながらアンリが身を起こした。そして喉仏を大きく蠢かして、オルトの種液を嚥下(えんげ)する様子を見せつける。

人の姿に戻ったアンリのそんな行為に腹の奥深くがゾクゾクして、オルトは横倒しの身を丸める。するとアンリが胸元へと手を伸ばしてきた。見れば、白濁で濡れた布が肌に張りつき、胸の粒を浮き立たせていた。その粒を指先で擦られ、精液を塗りこむようにされる。

卑猥な行為に思わずアンリの手首を摑むと、乳首をキュッと摘まれた。

「ぁ――」

声が出て、大袈裟なほど身体がビクついてしまう。

「もう、戯(たわむ)れは…」

前戯は充分だと伝えようとしたのに、オルトの寝衣の裾を胸のうえまで捲ると、アンリは胸にじかに舌を這わせてきた。

「っ、ぁ…は」

背中を撫でまわされながら粒を吸われる。

「……リ、様」

切ないような痺れが胸から腹部へと伝わって、オルトは身悶えた。

「アンリ様、もう、ください」

あられもないことを口走ってしまって、自分でも驚いて掌で口を押さえる。

乳首からチュッと音をたてて唇を離すと、アンリが顔を覗きこんできた。

「まことに欲してくれているのか？　無理をしてはいないか？」

慮ってくれる気持ちは嬉しかったが、もう本当のところ、さっきからずっと腹部の深い場所が脈打って仕方ないのだ。指では届かないところまで満たしてほしくてたまらない。

片手で顔をなかば隠しながら、腿を開いてみせる。

「ここに、アンリ様を、ください」

アンリが激しく身震いしてから上体を起こし、寝衣を脱ぎ捨てた。

そしてみずからの胸元を這う刺青に指を載せながら訊いてくる。

「――そなたは、これを醜いと思うか？」

普段は立ち襟の衣類を着ているためにまったく見えないが、その肉体には、左の首筋から左足首まで、蔓草の紋様が刻みこまれている。

生命力に満ち溢れる若者の肉体に絡みつくそれは、背徳的な淫靡さがあった。

オルトは身体を起こして正座をすると、生真面目に答えた。

「不謹慎を承知で申し上げれば、美しいと思います」

「そうか」

アンリが安堵したように深く息をつく。

「それならば、よかった」

そしてねだってくる。

「オルトの身体をよく見たい」

こめかみのあたりが熱くなるのを感じながら、オルトはみずからも寝衣を捲り上げて頭から抜いた。

そして膝立ちして、背筋を伸ばす。

反り返っている性器まで、すべてをアンリの目に晒す。

琥珀色の眸が煌めき、眩しそうに眇められる。

アンリが向かい合うかたちで膝立ちして、オルトの輪郭を辿るように首筋から肩へ、肩から胸へ、脇腹から腰へと両手を滑らせる。

「夢のようだ」

抱き寄せられて、オルトも抱き返す。密着する素肌から甘い痺れが拡がり、アンリの身体の重みをかけられるままに身を倒す。

腿のあいだにアンリの腰がはいってくる。猛りきった性器を脚の奥に押しつけられる。

そうして繋がるばかりになって——アンリが、オルトの脚をかかえこんだまま身を震わせた。泣くのをこらえる顔で、じっと見詰めてくる。

「アンリ様…？」

慰めるときの仕種で頬を撫でると、アンリが掌に唇を押しつけてきた。

「妖魔になっていたころのことを覚えてはいるが、どこか夢のなかのことのような感じなのだ。あれも僕であったけれども、こんなふうに鮮明ではなかった」

「ぁ…」

後孔の襞を張り詰めた亀頭に圧される。その圧迫感が極限に達して、粘膜が拓いていく。

「あ、ぁぁ」

性器を捻じこみながら、アンリが告白する。

「だからこれが、まことの初めてだ」

その言葉に体内がザァッと粟立った。

すでに完成された男の肉体をそなえながらも、アンリは以前のアンリのままなのだ。

もがくように懸命に身を進めるその姿に、オルトの胸は熱くわななきつづける。その震えが内壁へと溜まっていく。

「オル、ト……オルト」

性器と粘膜が癒着(ゆちゃく)したようになって進めなくなったアンリを助けるために、オルトはみずからの脚のあいだに両手を差しこんだ。

「もう、少し…ですから」

片手で孔を開きながら、もう片方の手でいまだ沈みきれていないアンリの陰茎を導く。

「ッ…く、うう」

オルトの援けを得て、アンリが腰を大きく突き上げる。

「ぁ――ぁ」

痺れきっている奥を大きくこじ開けられて、オルトは宙に上げている脚をガクガクと跳ねさせた。

「ああ、ぁ…っ」

内壁が痙攣して、アンリのものを貪婪に食むように揉みしだく。

どれほどアンリを求めていたかを伝えながら、オルトはペニスをしならせて、白濁を散らしていく。

そうして達しながら、淡く瞬きをする。

アンリが眉根をきつく寄せながら、半開きの唇をわななかせていた。

――……なか、に。

自分のなかでアンリのものが悶えながら果てるのを、ありありと感じる。

「オル、トが……」

腰をうねらせながら、アンリが霞のかかった眼差しで間近から見詰めてくる。

「オルトが気持ちいいと――耐えられないのだ……あの頃から」

自慰の仕方を教えたときの十四歳のアンリの姿が脳裏に浮かび上がってくる。水を張ったバスタブのなかで両手で顔を覆っていた。

「僕のすべてを、そなたに」

――すべて……。

オルトはアンリを包みこみ、抱き締める。

自分のほうがアンリに、身も心も捧げてきたのだと思っていたけれども。

――アンリ様もまた、すべてを捧げてくれていたのだ。

呼吸も苦しいほどの至福に深く深く沈みこんでいきながら、オルトはアンリの耳に唇を寄せた。

そして、自分の命に等しい秘密を、アンリに捧げる。

それを知る者は、亡き父とアンリのふたりだけとなるのだろう。

エピローグ

妖精の夜を過ぎて、日増しに寒さが嵩んでいる。ノーヴ帝国の城下町はすっかり日常を取り戻し、冬支度の買い出しをする者たちが雪道を忙しなく行き交う。

細かな雪がちらつく午後、ルカとゼインは王城の門をくぐった。

アンリはオルトとともにふたりを出迎えて、再会を喜びあった。

修道騎士グレイも呼び、アンリの部屋で温めたワインを飲み交わす運びとなった。

この窓もない部屋でこれだけの来客をもてなすのは初めてで、急遽(きゅうきょ)、革張り椅子三脚を運び入れた。

そうして五人は改めて互いの無事と再会を祝しあった。

アンリはずっと気がかりだったことを尋ねた。

「僕が噛んでしまったルカ殿の傷はどうなったのであろう?」

ゼインが長椅子の横に座るルカの肩に腕を回しながら答える。

「再会したときは変色部分がかなり拡がってて心配したが、妖精王がお前にしたのと同じ処置をしてくれた。そこまでは深刻じゃなかったから、契約はなしでな」

「では、刺青を？」

オルトが訊くと、ゼインが頷く。

「アンリのとは違う模様だけどな。なかなか色っぽくて、それはそれで」

にやにやしながら刺青がはいっているのだろうルカの左肩から胸までを撫でまわすゼインの手を、ルカが払い除ける。

「妖精王もゼインも、趣味が悪いのは確かです」

冷ややかな表情でそう呟いてから、ルカがアンリへと微笑みかけた。

「私のことはなんの心配もいりません。アンリ皇子のほうも、つつがないようですね？」

「僕には妖精王の刺青もあるうえに、オルトがいてくれる。グレイにもとても助けてもらっている」

左右の革張り椅子に座るオルトとグレイに視線を向けながら、アンリはそう返す。

「アンリはまたえらく男っぷりが上がったな。初めて会ったときは、まだひな鳥だったが」

その点についてはルカも同意だったらしく、頷きながらゼインの腿に手を置いた。

それから互いの報告をしあったのだが、ルカからの報告にアンリは顔を曇らせた。

カーリー号を降りてノーヴ帝国に戻ったルカは、まず王城修道院から取り替え子を保護したのち、各地の修道院を回って取り替え子たちを保護していった。

しかし海沿いの町や村にある修道院には、取り替え子の姿がなかった。なんでもルカより先に褐色の肌をしたクシュナ人たちが来て、取り替え子たちを連れ去ったというのだ。王城下の妖精塚が封じられてからというもの妖魔が徘徊し、取り替え子が妖魔になるのを目撃した者もいたため、クシュナ人を阻む者はいなかった。

ゼインが険しい顔つきで言う。

「妖精王にルカの処置をしてもらってからここに来るまで、回り道をしながら修道院を見てまわってきたが、いつ妖魔化するかわからないからと酷い扱いを受けてた」

アンリは唇を噛む。

「各地の修道院に取り替え子の扱いについて通達をしておいたが、守られていなかったのか。それについては改めて王城から修道騎士を派遣して徹底するように指導しよう」

「ああ、それは必要だろうな。ただ、人の気持ちってのは指導でどうにかなるもんでもない。簡単にはいかねぇ」

ゼインの言葉を受けて、ルカが静かな声で言う。

「それでも人というのは柔軟さをもっているものです。実際、カーリー号の船員は取り替え子である私を受け入れてくれました」

その言葉にアンリも大きく頷く。

「カーリー号の者たちは僕にも普通に話しかけてくれていた」

グレイが一同を見回しながら、力強い笑みを浮かべる。

「この二ヶ月ぐらいで、海賊たちは城下町でありがたがられる存在になった。まぁいくらか揉め事も起こしてるようだが、行動と理解で変わっていける部分があるのは確かだ」

アンリはグレイを見詰める。

彼はルカが王城を訪れたときに、ひとりでも多くの取り替え子が脱出できるように尽力してくれたのだという。もし王城に留まっていたら、ハネスによって次々に妖魔化されていったことだろう。

グレイのような闊達で決断力と行動力のある男が、オルトの親友であることを、いまは素直に嬉しく思えていた。

ゼインが唸る。

「だが、クシュナは取り替え子を大量に連れ去ってどうするつもりだろうな？」

「地下の妖精塚に放たれていた妖魔のように兵力として使うつもりなのか……」

オルトがそう言い、眉をひそめた。

「そもそも、あれだけの数の取り替え子をどこから連れてきたのか。王城だけで三百人ほどいました」

その疑問に、ルカが口を重そうに開く。

「私がかつて暮らしていた修道院もそうでしたが、大人の取り替え子はいませんでした。彼らはどこかに集められていて、必要に応じて妖魔化させられていたのでしょう」

「なら、クシュナもそういう使い方をするってわけか？　なんにしろ、奪還しに行くけどな」

それはすでにふたりのあいだで話がついていたことらしく、ゼインとルカが視線を合わせて頷きあう。

今後のことを話し合っている途中、オルトが気にかかっていた様子でルカに尋ねた。

「ルカ殿の耳には、あの件はすでに届いているか？　半月前、王城の正門前に――」

ゼインが唇を歪めながら言う。

「それなら知ってるぞ。国中で酒の肴になってるからな。ハネスの首が、王城の正門前に転がってたってな」

オルトが読んでいたとおり、ハネスはシベリウスにとってはもう用済みだったのだろう。無惨な姿で帰国を果たしたのだった。

アンリはオルトから、ルカが大司教から虐待を受けていたらしいという話を聞いていた。それでルカのほうをちらと見たが、ワインに口をつけるその顔は怖いぐらい無表情だった。

部屋に静けさが拡がりかけたその時、ふいに奥の壁に嵌めこまれている姿見から銀色の光が漏れた。反射的に立ち上がった五人の目には、鏡の表面が波打っているように見えた――かと思うと、そこから人影が転がり出てきた。床に仰向けに倒れた金髪の若者に、グレイが弾かれたように走り寄る。

「エンリケ！」

グレイに助け起こされたエンリケが、嬉しそうに顔をほころばせる。

「久しぶりだね、グレイ。会いたかったよ」

「俺も会いたかった。元気にしていたか？」

「このとおりね」

弾む声で言ってから、エンリケが金の眸で一同を見回した。

「いまなら全員揃ってるからって、妖精王から伝言係を任されたんです」

ゼインが姿見に触りながら言う。

「地下の妖精塚は一方通行らしいが、ここはお前限定で出入りできるわけか」

エンリケが二ヶ月ほど前に妖精界に戻ったときは、鏡から妖精王の手が伸びてきて、それに引っ張られるかたちで鏡のなかに消えていった。

「僕はこっちの世界のアンリと強く繋がっているから出入りがしやすいそうです。ほかの人は難しいでしょうね」

「そういうもんか」とゼインが鏡を軽く叩いてから怪訝顔で尋ねる。

「妖精王は、どうして俺たちが揃ってると知ってるんだ？　覗き見でもしてたわけか」

「この部屋の覗き見は僕の仕事ですけど」と言ってしまってから、エンリケが気まずそうに顔を紅くして、アンリとオルトに謝るように小さく頭を下げた。

オルトが微苦笑を返して、促す。

「それで、妖精王の伝言とは？」

「ああ、そうでした」

グレイの腕を摑んだまま、エンリケが神妙な顔になる。

「クシュナに穴があいたようなんです」

「どのような穴なのだ？」

アンリの問いに、エンリケが小首を傾げて確信をもてない様子で答える。

「詳しいことはわからないけれど、死者の島と繋がる穴らしいです」

「妖精の輪のようなものでしょうか？」

ルカの言葉にエンリケが頷く。

「人為的に妖精の輪を作ったんじゃないかって、妖精王はおっしゃってました。いまのところ、妖精界には繋がっていませんが、放置してはおけないと」

ゼインがにやりとする。

「要するに、俺たちに様子を見てこいってわけだ。お前が言うとおり妖精王はなかなか人使いが荒いな」

「申し訳ないです」

頭を下げるエンリケに、ルカが微笑する。

「取り替え子たちを取り戻すためにクシュナに向かう予定でしたから、そのついでです」

そこからはエンリケも加わって、六人は晩餐をともにして話に花を咲かせた。

夜も更けてから、ゼインとルカはカーリー号に戻り、エンリケはグレイと次に会う約束を交わしてから鏡を通って妖精界へと帰って行った。

アンリは最近よくそうするように、オルトとともに湯浴みをしてから部屋へと戻った。

「なにか、いつもより静かに感じられます」

オルトの言葉に、アンリは余韻を噛み締める。

仲間と呼べる者たちと胸襟を開いて語らう。そんな経験をできるとは、少し前まで夢にも思っていなかった。

アンリは姿見の前に立つ。いまは自分の姿が映っているだけの、ただの鏡だ。

けれどもその向こうへと言葉を投げかける。

「取り替えられて、よかった」

すると背後からオルトに抱き締められた。その腕はかすかに震えている。

「そう感じていただけて、自分は心から嬉しいです」

アンリはオルトの腕を撫でる。

――この腕で、守ってきてくれた。

子供のころは逞しい腕だと思った。少年になってからは、ときおりその腕になまめかしさを覚えるようになった。

そしていまは、自分の腕と比べるとずいぶんと細い。

手の甲に手指を這わせ、そのまま肘へと滑らせると、オルトが身震いした。

清廉な修道騎士に隠されている官能をすべて知るのは自分だけだ。そう思うと、身も心も熱くなって、アンリは寝衣のなかに突っこんだ手でオルトの二の腕を摑み、自分の前へと立たせた。

そして耳に口づけて、囁きかける。

「ネトメン――そなたの聖域(ネトメン)に包まれたい」

「真名はそのようにもちいるものではありません」

叱るように言いながらも、オルトの耳が紅くなる。その耳を齧(かじ)りながら寝衣の裾を捲り上げると、その手をオルトに摑まれた。

横目で姿見を見ながらオルトが言う。

「エンリケが覗き見しているかもしれません」

「気にすることはない。あれは僕の片割れ。見せつけてやればよい」

「――そのように教育した覚えは」

若草色の眸の修道騎士の小言が口から零れないように、アンリはそれを丁寧に唇で摘み取っていった。

あとがき

こんにちは。沙野風結子です。

この本を手に取ってくださって、本当にありがとうございます。

「チェンジリング～妖精は禁断の実を冥王に捧げる～」の続編であり、前作メインカップのゼインとルカもすっかりカップル感で絡んでます。ゼインと離れていたあいだのルカや、その後のふたりを書けて楽しかったです。

今作のオルトとアンリは、受が攻を育てる話となっています。

なにぶんにもオルトはアンリのことが可愛くて可愛くて仕方ないので、どんなご無体も受け入れてしまいそうです。

このふたりはアンリの妖魔化がなければ、互いに想いも欲情も必死に封じつづけたのではないかと思います。なので、結果的に妖魔化はふたりにとっては禍を転じて福と為すだったわけです。……世界は簡単解決の鍵を喪ったわけですが。そう考えると、セカイ系ですね。

ちなみに今回の裏テーマは「パブロフの犬」。アンリはなによりもオルトが気持ちいいことに弱い。笑。

奈良千春先生、今作でも圧倒的な美しさと説得力で世界を描いてくださって、ありがとうございます。表紙には一目で心を奪われ、眺めるたびに昂っています。オルトとアンリ（妖魔化アンリも！）の視覚化の見事さに感嘆しきりです。

担当様、今回もたいへんお世話になりました。デザイナー様、出版社様ならびに本作に関わってくださった皆様、お力添え感謝しています。

最後にもう一度、読んでくださった方々に大きな感謝を。この世界に同行していただけてとても嬉しいです。

さらにチェンジリングの世界を本にできることを強く願っているのですが、とはいえ商業は需要があってのことなので、商業として難しかったら個人的に書く心構えもしています。顚末が気になる方はたまにツイッターやブログなどチェックしてみてくださいね。

＋沙野風結子 @Sano_Fuu ＋

風結び＋ http://blog.livedoor.jp/sanofuyu/ ＋

CROSS NOVELSをお買い上げいただき
ありがとうございます。
この本を読んだご意見・ご感想をお寄せください。

〒110-8625
東京都台東区東上野2-8-7　笠倉出版社
CROSS NOVELS 編集部
「沙野風結子先生」係／「奈良千春先生」係

CROSS NOVELS

黒妖精は聖騎士の愛をこいねがう
チェンジリング

著者
沙野風結子

2020年8月23日　初版発行　検印廃止

発行者　笠倉伸夫
発行所　株式会社 笠倉出版社
〒110-8625　東京都台東区東上野2-8-7　笠倉ビル
[営業]TEL　0120-984-164
FAX　03-4355-1109
[編集]TEL　03-4355-1103
FAX　03-5846-3493
http://www.kasakura.co.jp/
振替口座　00130-9-75686
印刷　株式会社 光邦
装丁　斉藤麻実子〈Asanomi Graphic〉
ISBN 978-4-7730-6044-7
Printed in Japan